EPIK

MICHAEL GANS

Der Autor

Michael Gans *1968 in Stuttgart, lebt in Ludwigsburg. Lehramtsstudium in den Fächern Technik, Kunst und Deutsch, Realschullehrer, Magisterarbeit über Erich Kästner, Dissertation über Rose Ausländer, Akademischer Oberrat des Faches Deutsch an der Pädagogischen Hochschule Ludwigsburg für deutsche Literatur, Medien und ihre Didaktik sowie Spiel- und Theaterpädagogik. Zahlreiche Veröffentlichungen u. a. zu Rose Ausländer, Hilde Domin, Erich Kästner, Max Frisch, Erich Fried und Poetry Slam. Leiter von Textwerkstätten, Autor von Lyrik und Kurzprosa, Autor und Zeichner von Bilderbüchern.

Michael Gans

Wo der Hund begraben liegt

Leonberger Kurzkrimis

POP VERLAG
Ludwigsburg

Bibliografische Information der Deutschen Nationalbibliothek
Die Deutsche Nationalbibliothek verzeichnet diese Publikation in der Deutschen Nationalbibliografie; detaillierte bibliografische Daten sind im Internet über http://dnb.d-nb.de abrufbar.

Ludwigsburg: Pop, 2011
ISBN: 978-3-86356-013-3

1. Auflage 2011

Druck: Pressel, Remshalden
Umschlag: T. Pop
Verlag: Pop, Postfach 0190, 71601 Ludwigsburg
www.pop-verlag.com

Wo der Hund begraben liegt

Hauerloch

Einem Gesetz der Serie folgend, ging der Blick fast zwangsläufig zurück in die gar nicht so finsteren Zeiten des Frühmittelalters, in denen die meisten Siedlungen des Stuttgarter Raums noch gar nicht existierten. Im achten Jahrhundert siedelten auf Eltinger Gemarkung wahrscheinlich ein paar Alemannen, das nahe Candistat an der alten Römerstraße galt als Zentrum der Region. Der Hallschlag hatte damals seine große Zeit als römisches Reiterkastell bereits hinter sich. Ansonsten sagten sich in der waldreichen Gegend um den Engelberg, der noch lange nicht so hieß, ›Foha inti Haso wola Naht‹.

Im Heimatbuch des Oberlehrers Binder erschien 1924 die ›Sage vom Hauerloch‹, nach einer mündlichen Überlieferung von Georg Schäuffele und Christiane Schmid. Das Hauerloch, eine sagenhafte Felsenhöhle oberhalb des Glemstals, bot schon früh Anlass zur Legendenbildung. Die Sage berichtet von einem Höfinger Brautpaar, das die unterhalb des Hauerlochs gelegene Felsenmühle gerne gekauft hätte. Mittellos ließen sie sich auf eine Abmachung mit einem Zwerg ein, der in der Höhle hauste. Der nahm ihnen das Versprechen ab, ihre erstgeborene Tochter an deren zwanzigstem Geburtstag ehelichen zu dürfen. Dafür gab er ihnen Geld für den Kauf der Mühle. Die neue Müllerin gebar ihrem Mann bald darauf eine bildschöne Tochter. Sie gaben ihr den Namen Dorle. Die Jahre erfolgreichen Wirtschaftens gingen ins Land. Viel Wasser floss die Glems hinab und ließ das Mühlrad drehen. Die Familie wuchs und lebte froh und glücklich. Doch der Tag von Dorles zwanzigstem Geburtstag rückte näher und die Müllerleute trieb die Aussicht auf die unselige Zwangsehe in immer tiefere Verzweiflung. Der erfahrene Märchenleser ahnt schon den Ausweg aus dem teuflischen Pakt: sollte die Tochter den Namen des Männleins erraten, so wäre sie frei. Nun, auch dieser Gnom verplapperte sich in Vorfreude auf die nahende Trauung: »Ach, wie gut dass niemand weiß, dass ich Erdenmännchen heiß!« Und auch dieser Zwerg geriet in Rage, verfluchte den Abhörskandal und seine eigene Geschwätzigkeit und mauerte sich für fünfhundert Jahre mit all seinen Schätzen in der Höhle ein. Als die Höfinger nach Generationen von dieser Geschichte erfuhren, wollten sie in den Rauhnächten – in der Zeit von Weihnachten bis zum Erscheinungsfest am sechsten Januar – den Schatz heben. Den notwendigen Zauberspruch aber wussten sie nicht und so fuhr ihnen das Feuer an der Nase hinauf. Sie rannten unverrichteter Dinge und mit angesengtem Riechorgan nach Hause. Niemand weiß zu sagen, ob diese Rumpelstilzelei nach der Lektüre des Märchens der Gebrüder Grimm ins Glemstal verlegt wurde. Sicher ist jedoch, dass dieses Loch im Leonberger Muschelkalk Mythen bildend wirkt.

Die Frage, wer das Loch in den Fels gehauen hat, bleibt auch in der nun folgenden Erzählung unbeantwortet. Die beiden zwischenzeitlichen Bewohner jedenfalls, fanden die Höhle bereits vor. Warum sich der Verfasser dieser Kriminalgeschichte ausgerechnet auf das frühe Mittelalter festgelegt hat, ist nicht wirklich erklärlich. Zumal aus jener Zeit weder literarische Überlieferungen noch historische Funde oder sonstige Anhaltspunkte bekannt sind, die ein Historiendrama zu jener Zeit an jenem Ort plausibel erscheinen lassen.

Es mag eine kleine Gruppe Wegelagerer gewesen sein, die sich im Spätherbst des Jahres siebenhundertzweiundneunzig auf der Flucht vor kaiserlichen Truppen in die Wälder des Glamisatals zurückzogen, das Hauerloch erblickten und sich dort versteckten. Erst nachdem die Verfolger außer Sicht- und Hörweite waren, bemerkten die Banditen im hinteren Teil der Höhle, dass sie sich in einem Höhlengrab versteckt hielten. Die Leichen eines jungen Mannes und einer noch jüngeren Frau lagen dort nahe einer Feuerstelle. Das Feuer war erloschen, die Asche kalt, das Blut an ihren Köpfen getrocknet. Keine rituelle Begräbnisstätte, sondern ein Tatort, zumal der Mann offenbar ein Geistlicher gewesen war. Zumindest war er mit einer Mönchskutte bekleidet, um den Hals trug er ein metallenes Kruzifix. Die Frau hatte blondes Haar und musste vor ihrer Ermordung ausnehmend hübsch gewesen sein. Die Räuber durchsuchten die beiden Leichen, fanden aber keine Wertsachen und verließen den unheimlichen Ort in der Abenddämmerung wieder.

Da zur Zeit der Karolinger Ermittlungen im kriminalistischen Sinn nicht üblich waren, bei keiner Behörde ein Mord gemeldet werden konnte, kaum jemand die beiden Toten vermisste und folgerichtig auch der Mörder nicht dingfest zu machen war, muss an dieser Stelle der allwissende Erzähler den Fall voranbringen. Dabei sind Sprünge in der Handlung nicht auszuschließen, unlogische Schlussfolgerungen, übersehene Indizien. Der Täter hat also gute Aussichten unerkannt zu bleiben – wo kein Kläger, da kein Richter und kein Henker. Und schon erfolgt der erste Raum- und Zeitsprung zur Rekonstruktion des Tathergangs.

Der Sommer des Jahres siebenhundertzweiundneunzig war trocken und heiß, der Pegel des Flüsschens Nagalta, das durch das enge Tal im nördlichen Silva nigra floss, ungewöhnlich niedrig. An den Bäumen färbten sich die Blätter bereits braun, die Weiden rings um die Kapelle waren verdorrt, Schafe und Ziegen suchten Schutz im Schatten der Bäume. Benediktinermönche hatten sich vor über vierzig Jahren hier niedergelassen und mit dem Bau eines Gotteshauses begonnen. Siebenhundertfünfundsechzig war die Kappelle von Bischoff Lullus von Magontia dem heiligen Nazarius geweiht worden. Rupert von Hirsau war inzwischen vom Bischoff bestellter Vorsteher der Klosterzelle und läutete die kleine Glocke zum Mittagsgebet.

In dem düsteren, kühlen, kleinen Kirchenraum versammelten sich kurz darauf fünfundzwanzig Männer im dunkelbraunen Habit zum gemeinsamen Gebet: »Fater unsêr, thû pist in himile, uuîhi namun dînan, qhueme rîhhi dîn, uuerde uuillo diin, sô in himile sôsa in erdu. Prooth unsêr emezzihic kip uns hiutu, oblâz uns sculdi unsêro, sô uuir oblâzêm uns sculdîkêm, enti ni unsih firleiti in khorunka, ûzzer lôsi unsih fona ubile.«

Rudlo von Altbura war vor fünf Jahren zur Gemeinschaft der Mönche gestoßen. Die Felder, die seine Familie auf den kargen Anhöhen der Umgebung bewirtschaftete, konnten nicht alle Häupter ernähren und so musste der Junge gehen. Sein Vater begleitete ihn hinunter ins Tal und bat die Gottesmänner um Aufnahme seines Sohnes in ihre Bruderschaft. Rudlo zeigte sich bald schon fasziniert vom Leben der Mönche zwischen Gebet und Arbeit. Sie waren gehorsam gegenüber Rupert, verhielten sich schweigsam, beständig und demütig. Die Männer widmeten den größten Teil des Tages dem gemeinsamen oder persönlichen Gebet oder verbrachten ihre Zeit in Stille, meditierten und lasen in der heiligen Schrift. Bischoff Lullu hatte den Mönchen zur Kirchweih ein handschriftliches Exemplar aus der Klosterbibliothek von Magontia überlassen, es war der größte Schatz der Klosterzelle. Neben der Kontemplation verrichteten die Brüder allerlei handwerkliche Tätigkeiten, bestellten die umliegenden Felder und kümmerten sich um das Vieh. Gottesdienste gliederten den Tagesablauf, die Mönche beteten Psalmen, stimmten gregorianische Gesänge an und hörten das Wort Gottes – »Ora et labora et lege«, *bete und arbeite und lies* war der Wahlspruch des Ordensgründers Benedikt von Nursia. Rudlo hatte sich bereits wenige Wochen nach seiner Ankunft taufen lassen und bereitete sich seither gewissenhaft auf seine Profess vor. Wie alle jungen Ordensmänner musste er hart arbeiten: Ackerbau, Viehzucht und regelmäßige Rodungen rund um die Behausungen der Bruderschaft waren seine vornehmlichen Aufgaben. Er klagte nicht, verrichtete seine Arbeit mit Fleiß und fühlte sich wohl in der friedlichen Gemeinschaft der Gleichgesinnten. Rudlo dachte nur noch selten an seine Familie, an den strengen Vater, an Hunger und Tod, die verlässliche Gäste in Altbura gewesen waren.

An einem der ersten richtig warmen Frühsommertage war Rudlo beim Mähen am Feldrand nahe des Waldes einer jungen Frau ansichtig geworden. Sie hatte ihn, auf einem gefällten Stamm sitzend, schon längere Zeit beobachtet. Neugier lag in ihrem Blick, Interesse an einem gesunden, jungen, kräftigen Mann. Blonde Haarsträhnen hingen ihr ins sommersprossige

Gesicht. Sie lächelte verlegen, als der junge Mönch sie grüßte. Hatte sich Rudlo bislang ohne große inneren Widerstände in Enthaltsamkeit geübt und war so der Ordensregel nachgekommen, so wurde mit einem Mal seine Gottgefälligkeit auf eine harte Probe gestellt. Der Anblick der unbekannten Schönen gefiel ihm, es durchströmte ihn ein noch nie dagewesenes Gefühl von wohligem Schauder. Er ließ seine Segensa fallen und ging auf sie zu. Im nächsten Augenblick war die liebreizende Fremde verschwunden. Rudlo suchte den Waldrand ab, kehrte zum Stamm zurück und entdeckte an der Stelle, an der sie gesessen hatte, die Blüte einer Margarite – »enti ni unsih firleiti in khorunka«.

Gedanken versunken ging der junge Novize zurück zur Kapelle. Beim folgenden Stundengebet war er körperlich anwesend, sein inneres Auge schaute jedoch wieder und immer wieder zu jener Stelle am Waldrand. Seine Gedanken kreisten um die junge Frau, die sich in den kommenden Tagen immer wieder zeigte und die sich Rudlo eines Abends als Salmey von Nagalta vorstellte. Sie war die Tochter eines Waldbauern und wohnte unweit von hier flussaufwärts in einer kleinen Hütte. Ihr Vater war krank, die Mutter im letzten Winter gestorben, die älteren Geschwister waren vor Jahren schon nach Norden gezogen. Salmey versuchte den Alten und sich durchzubringen, sammelte Beeren und Kräuter, angelte im Fluss und hatte versucht im Schutz der Dunkelheit an die Vorräte der Mönche heranzukommen. Rudlo entdeckte sie auf seiner abendlichen Runde, als er den Stall für die Nacht verriegelte. Er lächelte sie an, sie blickte betreten zu Boden und gestand ihm ihre Not.

Man hätte es Rudlo als Barmherzigkeit auslegen können. Brüderlich zu teilen war ihm aufgegeben. Aber wenn der junge Mann in diesen heißen Sommertagen Salmey in der Dämmerung am Waldrand aus den Vorräten der Gemeinschaft Essen zusteckte, sein Blick den ihren traf und sogleich verlegen zu Boden glitt, ein Lächeln ihre Mundwinkel umspielte, die Hände sich für kurze Momente berührten, sie das Mitgebrachte in ihren Beutel steckte und kurz darauf im nahen Dickicht verschwand, dann fühlte er sich ihr mehr hingezogen, als es die Regel im gestattet hätte. Es folgten schlaflose Nächte, in denen Rudlo mit Gott Zwiesprache zu halten versuchte. Der Allmächtige sollte ihm in seinem ewigen Ratschluss den rechten Weg weisen: ein Kampf zwischen Emotion und Ratio, zwischen Paradies und Purgatorium, zwischen Glaube, Liebe und Hoffnung.

Er blieb auch tagsüber in Gedanken an den kommenden Abend, an das Wiedersehen mit Salmey, an Augenblicke, Berührungen und an das Sehnen in der Nacht, an die wachsende Gewissheit, dass er die klösterliche Gemeinschaft würde verlassen müssen. Seinen Brüdern war die Veränderung Rudlos nicht entgangen, manch einer ahnte auch den Grund seiner Geistesabwesenheit und sprach mit ihm. Alle Versuche ihn zum Innehalten, zur bußfertigen Umkehr zu bewegen, alle Ermahnungen sich nicht gegen Gottes Willen zu versündigen, im Glauben fest zu bleiben, dem Diesseitigen, der Fleischeslust zu entsagen, sich wieder auf die Ordensregeln zu besinnen, waren in den lauen Abendwind gesprochen, der die blonden Locken Salmeys umspielte. So zitierte Rupert von Hirsau nach einigen Tagen Rudlo zu sich und wies ihn an, noch zur Stunde die Bruderschaft zu verlassen und nach Norden zu reisen. In der Bischoffstadt Magontia sollte er sich ins dortige Kloster begeben und zur gebotenen Gottesfürchtigkeit zurückfinden. Der Obere duldete keine Widerrede und so musste Rudlo sein Bündel schnüren.

Er hatte die Lichtung der Klosterzelle nicht unbemerkt verlassen. Immer wieder blickte er zurück, blieb stehen, wartete und hoffte. Rudlo ging schweren Schrittes am Fluss entlang, rastete, aß und trank, betete und dachte an das, was er nun zurückließ. Mit jedem Schritt wuchs die Furcht vor dem Verlust, schwand der Glaube an Gottes Allmacht, die ihm den rechten Weg weisen sollte. Der Weg nach Magontia war längst zu einer harten Prüfung geworden. Sein Verlangen nach Salmeys Nähe, ihrem Lächeln, ihrer sanften Stimme, dem Duft ihrer Haut, dem Glanz ihres Haars, ergriffen Besitz von seinem wachen Verstand. Tagträumend erreichte er Portus, kehrte ein und trank mehrere Humpen Servisia. Mit jedem Schluck wuchs Rudlos Einbildungskraft und Sehnsucht. Saß sie da nicht in der Ecke? Und warum setzte sie sich nicht zu ihm, wie immer? Schwer erhob sich der Wanderer zwischen den Welten und fiel der Länge nach auf den gestampften Boden der Schankstube.

Die Mittagshitze glühte bereits, als sich Rudlo mit schwerem Kopf und noch schwererem Herzen wieder auf den Weg machte. An der Kreuzung folgte er nicht dem Fluss weiter abwärts nach Norden, sondern nahm die alte Römerstraße nach Osten und begab sich damit auf Abwege. Rupert hatte Rudlo vor einiger Zeit von abgelegenen Tälern westlich von Condistat erzählt, in die sich immer wieder Mönche als Einsiedler zur inneren Einkehr zurückzogen, um mit sich und Gott wieder eins zu werden. Dieser Hoffnung wollte Rudlo nun nachgehen. Seine Schritte auf den Pflastersteinen waren wieder etwas entschlossener.

Wegelagerer waren in den Wäldern des nördlichen Silva nigra zahlreicher geworden. Weniger die Lust am Rauben und Morden trieb sie an, als die blanke Not, der tägliche Kampf ums Überleben. Die Trockenheit hatte schlechte Ernten zur Folge gehabt, Hunger knechtete das Land und die Bauern mussten ihre Familien durchbringen.

Man vermutete reiche Beute im Bündel des jungen Mönches, der gerade die Straße entlang kam. Rudlo war in Gedanken versunken, schwitzte in der hochsommerlichen Hitze, die Zunge klebte am Gaumen. So war er von den Männern überrascht, die aus dem Gebüsch auf ihn zusprangen, ihm sein Bündel entrissen, den Inhalt aufs Pflaster leerten und mit zunehmender Enttäuschung in den wenigen, wertlosen Habseligkeiten des Benediktiners wühlten. Die fehlende Entlohnung für ihre Mühen zahlten sie Rudlo mit einigen wütenden Fausthieben heim. Der krümmte sich vor Schmerzen am Boden, seine Lippe war blutig, sein rechtes Auge im Nu zugeschwollen. Er blieb benommen liegen, als die Banditen sich laut fluchend in die Büsche schlugen.

Rudlo rappelte sich mühsam hoch, und schleppte sich in den Schatten. Sein Trinkschlauch war leer, mehrere Messerstiche hatten ihn unbrauchbar gemacht. Nur noch ein paar Tropfen leckten aus den Schnitten heraus. Der Durstende fiel in einen Dämmerzustand. Hörte er nicht ganz deutlich Wasser rauschen? Salmey würde ihm etwas zu trinken bringen, sie würde ihn nicht im Stich lassen. Er betete mit schwerer Zunge, lallend und halb ohnmächtig ein *Fater unsêr*, dann wurde ihm schwarz vor Augen.

Als er sein linkes wieder aufschlug, war es bereits dunkel. Eine angenehme Kühle hatte Rudlo durchdrungen, nur sein Mund war noch immer völlig ausgetrocknet. Er hörte das Zirpen der Grillen, das Rauschen der Baumkronen im Wind, das Plätschern eines nahen Bachlaufs – Wasser! Er richtete sich auf, kniff sein sehendes Auge zusammen, versuchte sich zu orientieren. Seine Glieder schmerzten bei jeder Bewegung. Da spürte er plötzlich eine sanfte Hand auf seiner Stirn – ein Krug wurde an seine Lippen geführt. Er trank in gierigen Schlucken, das köstliche, klare Wasser und nun sah er im Mondlicht die Schemen eines nur allzu bekannten Gesichts – Salmey! Er wollte etwas sagen, wollte ihr danken, wollte wissen, woher sie auf einmal kam, wie sie ihn gefunden hatte. Sie legte ihren Zeigefinger auf seine Lippen und gebot ihm zu schweigen.

Erst einige Tage später würde sie sagen, dass sie ihm seit seiner Abreise von der Klosterzelle im Nagaltatal gefolgt war. Alles hatte sie hinter sich gelassen: den Vater, den Hunger, den Schutz des Waldes und der Mönche. Unverheiratete Frauen waren in jenen Zeiten der Willkür der Männer, dem Schicksal und der ›göttlichen Fügung‹ schutzlos ausgeliefert.

Sie hatte sich für ein Leben an seiner Seite entschieden, so aussichtslos das anderen auch erscheinen mochte. Hätte sie Rudlo am Tag seiner Abreise gebeten ihn begleiten zu dürfen, er hätte sie abgewiesen, hätte sie abweisen müssen, hätte Salmey befohlen bei ihrem Vater zu bleiben. Rudlo hätte sie wahrscheinlich gegen seinen Willen an ihre Pflicht erinnert. So war sie ihm in einiger Entfernung im Schutz des Waldes gefolgt. Er war zu sehr in Gedanken gewesen, als dass er sie hätte wahrnehmen können. Das Knacken der Äste, das Rascheln des Laubes, aufflatternde Vögel – alles Verräterische hatte er geistesabwesend überhört.

Nach dem Überfall war Rudlo bewusstlos liegen geblieben. So hatte ihn Salmey gefunden, ins Gebüsch gezogen, auf Moos gebettet und seine Wunden gereinigt. Sie hatte auch versucht ihm Wasser in den Mund zu träufeln. Nun waren sie eine Schicksalsgemeinschaft geworden. Rudlo konnte nicht ungestraft in den Schoß von Mutter Kirche zurückkehren. Er war vom Weg abgekommen, hatte sich gegen das klösterliche Leben in Magontia entschieden. Er war als flüchtiger Benediktinernovize von Exkommunizierung bedroht und konnte sich nicht mehr vorstellen in die Enge des Klosters, in die Strenge der Ordensregeln zurückzukehren. Salmey hatte ihren kranken, alten Vater im Stich gelassen und sich über die familiären Pflichten hinweggesetzt. Damit waren sie beide vogelfrei.

Sie teilten die Reste ihres Proviants und machten sich kurz darauf im Schutz der Dunkelheit auf. Rudlo stützte sich auf Salmey, sein Knie schmerzte von den Tritten der Räuber. Sie kamen nur langsam voran, mussten immer wieder Pausen einlegen und legten sich schließlich im Morgengrauen in ein Dickicht nahe der Straße zur Rast nieder.

Das Dröhnen von Fuhrwerken und Pferdehufen, das Marschieren einer kaiserlichen Patrouille und das Stöhnen von Gefangen in ihrer Mitte, die an Füßen gekettet lauthals über das Pflaster getrieben wurden, weckten Salmey und Rudlo. Durch das Gestrüpp erkannte Rudlo die Gesichter der Männer wieder, die ihn gestern überfallen, zu Boden geschlagen und durchsucht hatten. Nun waren sie aufgegriffen worden, als sie in vermessener Gier versucht hatten, den kaiserlichen Goldtransport anzugreifen. Salmey legte wieder ihren Zeigefinger auf Rudlos Lippen, denn ein niedergeschlagener Mönch in Begleitung einer jungen Frau wäre zumindest erklärungsbedürftig gewesen.

Um die Geschichtsschreibung an dieser Stelle nicht unnötig in die Länge zu ziehen, überspringt der Erzähler hier den weiteren Weg von Rudlo und Salmey, die nach zwei mühevollen Nachtmärschen, dem kleinen Flüsschen Glamisa nach Norden folgend, in ein enges Tal kamen, sich dort wiederum im Morgengrauen niederließen und beim Erwachen oberhalb ihres Lagers ein Felsloch entdeckten, in dem sie in den folgenden Monaten Quartier nahmen.

Im Stile der Grimmschen Romantik kann sich der solchermaßen veranlagte Leser diese Zeit von Rudlo und Salmey als paradiesisch ausmalen: Wie die ersten Menschen im Einklang mit der hochsommerlichen Natur, Mann und Frau im Glück verliebter Zweisamkeit, ein Leben im Hier und Jetzt, ohne Sorgen an kommendes Unheil usw.. Allein die Schlange hatte Männergestalt: sie war ein Sergent, der der holden Eva beim Beerenpflücken nahe der alten Römerstraße begegnete. Die blonde Schöne gefiel ihm. Er folgte ihr unauffällig bis zur Höhle, sah wie sie dort hauste und legte es in der Folge immer wieder darauf an,

Salmey zu treffen. Er machte ihr Avancen, beschenkte sie, machte ihr Komplimente. Rudlo indes konnte mit den Berichten Salmeys wenig anfangen. Dem gewesenen Mönch war diese Form des Umgangs mit weiblicher Eitelkeit fremd. Eifersucht stieg in ihm auf, tiefe Verachtung für den militanten Schöngeist. Ganz gegen seine christliche Überzeugung fühlte er Hass in sich aufkommen. Streit und Grobheit vertrieben Adam und Eva aus ihrem Garten. Bevor sich Rudlo zu Handgreiflichkeiten hätte hinreißen lassen können, blieben die Begegnungen zwischen Salmey und dem Soldaten aber plötzlich aus.

In Ermangelung einer tatkräftigen Ermittlerfigur bleibt es dem Erzähler vorbehalten den Grund dafür zu nennen – schließlich muss er seine Allwissenheit unter Beweis stellen: Der namenlose Verehrer könnte Ekkehard geheißen haben. Nach heutigem Verständnis könnte man Ekkehard als Verkehrspolizisten bezeichnen, dessen Auftrag im Schutz der Landstraße bestand. Er hatte dafür zu sorgen, dass Reisende unbeschadet von Candistat nach Argentoratum gelangten. Zusammen mit seinen Kollegen griff er immer wieder Banditen auf und beschlagnahmte deren Diebesgut. Korruption war auch schon zu Zeiten Karls des Großen ein Kavaliersdelikt. So sah man es den armen Schluckern in Diensten des Kaisers nach, wenn sie einen Teil der erbeuteten Beute für sich behielten. Kompromisslos blieben nur die Wegelagerer.

Sie hatten Ekkehard beobachtet, hatten seine Geschenke für Salmey teilweise wieder erkannt und schworen sich in diesem Augenblick Rache. Die Frau eines Banditen sah Salmey leidlich ähnlich, hatte ebenfalls hellblondes, langes Haar und spielte unweit der Römerstraße den Beeren pflückenden Lockvogel. Die Bande musste nicht lange auf den Ordnungshüter warten: Ekkehards Kurzsichtigkeit ließ ihn die Vorspiegelung falscher Tatsachen zu spät bemerken, die anderen Soldaten waren außer

Reichweite. So metzelten sie den glühenden Verehrer kaltblütig nieder, nahmen sich das Beschlagnahmte wieder und ließen Ekkehard achtlos verbluten.
Der Tod eines Soldaten zog Vergeltung nach sich. Die kaiserlichen Truppen durchkämmten mit Verstärkung aus Candistat den Wald auf der Suche nach den Tätern. Sie hatten Ekkehards Leiche gefunden und den Fund gemeldet. Nun schwärmten sie ins Glamisatal, sahen das Hauerloch im Fels und fanden dort die ahnungslosen Rudlo und Salmey. Ekkehards Geschenke an Salmey wurden ihnen zum Verhängnis. Sie sahen sich als Mörder Ekkehards überführt und wurden noch an Ort und Stelle nach kaiserlichem Recht erschlagen.

Um kein loses Ende eines Erzählstranges zurückzulassen, sei nun noch die Lücke bis zum Fund der Leichen durch die verfolgten Wegelagerer geschlossen. Denn die Beutejäger waren so in Fahrt, dass sie auch am nächsten Tag noch ein Kesseltreiben gegen die Banditen veranstalteten. So flüchtete eine Gruppe zum Hauerloch, verbarg sich vor den Verfolgern und bemerkte, nachdem die mittelalterliche Luft rein war, die beiden Toten im hinteren Teil der Höhle.

Bitterorangen

Man schreibt das Jahr 1608. Es ist ein eisiger Januarmorgen. Bei Hofe ist Trauer angesagt. Herzog Friedrich I. von Württemberg ist tot, völlig überraschend gestorben an rätselhaften Herzkrämpfen mit gerade einmal fünfzig Jahren. Im Stuttgarter Schloss sind kurz darauf alle versammelt: sein Sohn und Thronfolger Johann Friedrich, seine Minister, Hofschranzen, Günstlinge, Maitressen, Landvögte und Heerführer – nur seine Frau Sibylla, geborene von Anhalt ist nicht zugegen. Die Ehe des Herzogs war, nun sagen wir: schwierig. Die Eheleute sind sich immer fremd geblieben. Die Herzogin hat am Hof nichts zu sagen, ist den Eskapaden ihres Mannes ausgeliefert, dem heimlichen Gespött preisgegeben. So zieht sie schon zu Lebzeiten Friedrichs ins Löwenberger Schloss, nahe genug um für offizielle Auftritte an der Seite des Herzogs zu repräsentieren und weit genug vom verhassten Stuttgarter Schloss entfernt.

Es ist die Zeit Shakespeares: 1606 wird »König Lear« am englischen Hof uraufgeführt. Drei Jahre zuvor bekommt Friedrich übrigens dort auch den Hosenbandorden überreicht.

»Blast, Winde, sprengt die Backen! Wütet, blast!
Ihr Katarakte, Wolkenbrüche, speit,
Bis ihr die Türm ersäuft, die Hähn ertränkt!
Ihr schwefligen, gedankenschnellen Blitze,
Vortrab dem Donnerkeil, der Eichen spaltet,
Versengt mein weißes Haupt! Du Donner, schmetternd
Schlag flach das mächtige Rund der Welt; zerbrich
Die Formen der Natur, tilg alle Keime,
Daraus der undankbare Mensch entsteht.«

So lässt Shakespeare seinen Lear zürnen in stürmischen Zeiten. So ähnlich wird Sibylla gedacht haben in ihrer Eifersucht, wenn

Friedrich, der Lump mal wieder seine Finger nicht von den jungen Damen bei Hofe hat lassen können. So verwundert es nicht, dass der Geschichtenschreiber Mühe hat, bei den belegbaren Fakten zu bleiben. Der Reiz von Kabale ist zu groß.

Sibyllas große Leidenschaft gilt der Alchemie. Die Suche nach dem Allheilmittel zieht sie in ihren Bann. Sie hat es in ihrem Leben nicht leicht gehabt. Ihr Vater Fürst Joachim Ernst von Anhalt zwingt sie mit gerade einmal dreizehn Jahren dazu, Äbtissin des freien weltlichen Stiftes Gernrode zu werden. So ist die Heirat mit dem sieben Jahre älteren Grafen Friedrich von Mömpelgard 1581 für die sechzehnjährige Sibylla eher eine Flucht mit sehr zweifelhaftem Ausgang: In den folgenden fünfzehn Jahren bringt sie fünfzehn Kinder zur Welt, von denen elf die Geburt überleben. Ansonsten hat sie bei Hofe in Stuttgart nichts zu melden. Nun ist ihr Mann, inzwischen Herzog Friedrich I. von Württemberg, gestorben. Friedrich war ein absolutistischer Kretin, ein reiselustiger Weiberheld, Gründer von ›Freudenstadt‹ – ein Schelm, wer Anrüchiges dabei denkt. Die frische Witwe ist inzwischen vierundvierzig Jahre alt und hat die besten Jahre ihres Lebens in höfischer Enge, strenger Zucht und einer unglücklichen Ehe zugebracht. Ihre Interessen entwickelt sie also nicht ohne eine gewisse Leidenschaft.

Der Alchemie zu frönen ist in dieser Zeit nicht ungefährlich. Sechs Jahre später wird eine andere Bewohnerin des Löwenberger Schlosses, Katharina Kepler, nur dank des Leumunds ihres berühmten Sohnes Johannes einen Hexenprozess überleben. So tarnt Sibylla ihre Forschungen als Arzneimittelherstellung für arme Leute. Insgeheim ist sie eher am Gegenteil von Heilmitteln interessiert, die Suche nach dem ›Stein der Weisen‹ gar, liegt ihr eigentlich fern. Eher geht es um Wirkstoffkombinationen, um Reaktionen des menschlichen Geistes und Körpers auf unterschiedliche Substanzen. So werden Tierversuche angestellt, Pflanzengifte untersucht, die bescheidene Stuttgarter Hofbibliothek liefert manche wichtigen Hinweise.

Nach dem Tod des Herzogs bleibt Sibylla endgültig im Löwenberger Schloss, ihrem Sohn Johann Friedrich, dem siebten Herzog von Württemberg, will sie nicht im Wege sein. Dafür lässt Sibylla 1609 durch den Hofbaumeister Heinrich Schickardt einen Lustgarten vor dem Schloss anlegen.

Auf der Südseite unterhalb des Gebäudes wird eine rechteckige Terrasse mit doppelläufigem Treppenabgang zum Tal hin angelegt. Vier kleine, wehrturmartige Pavillons mit Pyramidendach markieren seine Eckpunkte. Ein breiter, balustradengesäumter Weg umgibt den Garten und eine sechseckige Brunnenanlage mit Obelisk bildet seinen Mittelpunkt. Der Löwenberger Renaissancegarten nach italienischem Vorbild ist Ausdruck des Lebensgefühls: Anders als bei Gärten des Mittelalters, die sich von der bedrohlich empfundenen Außenwelt abgrenzen, fühlt sich der Mensch nun in der Lage die Natur zu beherrschen. So werden die Pflanzen in Rabatten und Symmetrie gezwungen, innerhalb des Gartens ist die Fläche in kleinere Kompartimente geteilt. Hecken, Bäume und Beeteinfassungen sind beschnitten nach geometrischen Vorlagen. Wegen des Mangels an Wasser bevorzugt man immergrüne Gewächse. Blumen finden ihren Platz in Gartenvasen. Wie in den römischen Villen wird der Garten mit antiken oder zeitgenössischen Skulpturen ausgestattet.

Wertvollste Pflanze des Gartens und damit auch Namen gebend ist die Pomeranze. Eine Bitterorange, die in der Küche und Hausapotheke Verwendung findet. Doch nicht nur für Heilzwecke oder wegen ihres Blütenduftes ist die Pomeranze wichtig. Sie gilt als Statussymbol und stellt als Sinnbild für die goldenen Äpfel der Hesperiden die Beziehung zum Paradiesgarten der Antike her. Außerdem verleiht sie Aufgussgetränken einen rezenten Geschmack.

Die Beziehung zwischen dem sechs Jahre älteren Schickardt und der Herzogswitwe Sibylla ist nirgends dokumentiert, was allein schon durch den Standesunterschied nachvollziehbar erscheint. Man darf aber annehmen, dass der Architekt seiner Auftraggeberin zumindest sehr wohlwollend gegenübergetreten ist. Schließlich widmet er ihr eine Brunneninschrift:

»hat anno sechzehn hundertnein
diesen Platz genommen ein
wie wol er war von wilder art
war doch draus gmacht der Lustiggart
Solchem zu meren Lust und ziert
hat man das Wasser weit her gefiert«

Reim' dich oder ich druck dich – auch damals schon. Wer da wem gegenüber von »wilder art« gewesen ist, bleibt der Interpretation überlassen. Sibylla kann nun also, wenn sie zwischen ihren alchemistischen Versuchen im Schlosskeller frische Luft braucht, in ihrem Pomeranzengarten lustwandeln. Der Hauptzweck ihrer Bemühungen hat sich zwar erfüllt, aber der weibliche Forschergeist ist geweckt. Und dieser beschränkt sich nicht nur auf die Alchemie. So kann die fröhliche Witwe es ihrem Gatten posthum heimzahlen.

Der Herzog war ein arger Bengel
schwang eifrig seinen Herzogsschwengel
brach für die Freuden eine Lanze
erstickte an der Pomeranze

Der Bitterorangencocktail, den Sibylla ihrem Mann am Abend des 29. Januar 1608 kredenzen lässt, kann den Geschmack des gefleckten Schierlings mühelos kaschieren. Friedrich trinkt seinen Becher wie immer gierig aus und spürt kurz darauf eine von den Füßen her aufsteigende Lähmung des Rückenmarks. Der Herzog erstickt bei vollem Bewusstsein. Ob Sibylla, die Alchemistin, zuvor den Wirkstoff Coniin an Katzen ausprobiert hat, ist ebenso wenig überliefert, wie die Vermutung, dass sie beim qualvollen Tod ihres Gatten anwesend gewesen sein könnte. Der Saft des gefleckten Schierlings ist zwar nicht gerade ein Allheilmittel, aber zur Lösung manch drängenden Problems doch gut geeignet. Bei Platons Bericht über die Hinrichtung des Sokrates hat Sibylla es nachlesen können. Und sicherlich hat die verwitwete Herzogin von Württemberg keine übertrieben tiefe Trauer ob des Hinscheidens ihres leidlich gelittenen Gatten verspürt. So zieht sie im Februar 1608 endgültig aus der höfischen Enge Stuttgarts, aus dem Maitressengeviert in das beschauliche Amtsstädtchen Löwenberg, lässt sich das Schloss zum schmucken Wohnlabor umbauen und setzt im Garten jener Pflanze ein botanisches Denkmal, deren penetrant bitterer Beigeschmack sie von ihren ehelichen Pflichten entbunden hat.

Und sollte einmal dich das Ganze
Elend und das Hofgeschranze
nerven, nimm' doch eine Pomeranze!
Solchem zu meren Lust und ziert
das Wasser von weit her gefiert
oder einfach aus dem Hahn
aufgekocht und denke dran:
der Orangen Bitterkeit
dämpft nicht des Schierlings Wirksamkeit.

Den Stein der Weisen hat Sibylla bei all ihren Bemühungen zwar nicht gefunden, aber das wahrscheinlich gar nicht so einsame Verweilen in der eigens angelegten Brunnengrotte unterhalb des Pomeranzengartens dürfte sie entschädigt haben. Das

Vorgehen Sibyllas ist zeitgemäß, Giftmorde in Adelsgeschlechtern sind an der Tagesordnung, kriminalistische Untersuchungen zu ihrem Glück noch nicht entwickelt. So können giftige

Substanzen in menschlichen Organismen bei damals üblichen Leichenschauen unentdeckt bleiben. Die Obduktion durch die Leibärzte ergibt folgerichtig ein Hinscheiden des Herzogs durch Herzversagen. Er wird Anfang Februar 1608 in der Stuttgarter Stiftskirche beigesetzt.

Ihre Kabale ist auch Sibylla freilich nicht gut bekommen: 1614 stirbt Sibylla von Anhalt, verwitwete von Württemberg im Alter von fünfzig Jahren, wahrscheinlich an einer Schwermetallvergiftung wie viele andere Alchemisten auch. So entbehrt es nicht eines gewissen fiktiven Reizes, dass die Herzogin sich bei ihrer alchemistischen Leidenschaft letztendlich selbst vergiftet haben könnte.

Auf Messerschmitts Schneide

Ich stelle mir vor ich stehe vor der stählernen Gedenktafel am Südportal der Weströhre des alten Engelbergtunnels in Leonberg. Mein Blick schweift über die 3000 Namen der Häftlinge und Opfer des Konzentrationslagers, die hier in den Jahren 1944 und 1945 durch Überarbeitung, Unterernährung, Schlafmangel, Seuchen, Selektionen, Hinrichtungen und Strafaktionen ermordet wurden: »Giovanni Insachi, Leiber Iziksohn, Sigmund Jabszynski, Emil Jakubovice, Marcel Jaquet, Otto Jars, Pierre Jeandel…«

Zwangsarbeiter aus Albanien, Belgien, dem Elsass, Estland, Frankreich, Italien, Jugoslawien, Kroatien, Litauen, Lothringen, Luxemburg, Norwegen, den Niederlanden, Polen, Russland, Rumänien, Serbien, Slowenien, Spanien und der Tschechoslowakei – KZ-Nummern aus Auschwitz, Bergen-Belsen, Dachau,

Flossenbürg, Groß-Rosen, Lublin, Natzweiler und Sachsenhausen.

Vom Frühjahr 1944 bis April 1945 gab es in der oberen Seestraße ein von der SS geführtes Außenlager des KZ Natzweiler im Elsass. Es war mit Stacheldraht und Wachtürmen gesichert. Die Häftlinge arbeiteten fast ausschließlich für das ›Presswerk Leonberg‹, einen Teilbetrieb der Messerschmitt AG in Augsburg. Im April 1945 wurden die Maschinen abtransportiert und das Lager wegen der näher rückenden französischen Truppen geräumt. Zurück blieb ein Massengrab auf dem Blosenberg für die an den katastrophalen Haft- und Arbeitsbedingungen zu Tode gekommenen Gefangenen.

Die Tafeln rosten wie die Flugzeugteile, die hier in den Tunnelröhren gefertigt worden sind: Tragflächen für den Messerschmitt-Strahljäger ME 262. Ich schließe die Augen und sehe Sigmund Jabszynski, den polnischen Häftling aus Dachau mit der Nummer 40324, wie er am Sylvestermorgen 1944 zusammen mit einigen anderen Häftlingen erstmals durch das Tor des alten Lagers geht. Er ist zweiunddreißig Jahre alt und Schlosser von Beruf. Er hat noch genau 48 Tage zu leben, am 17. Februar 1945 wird er von SS-Leuten niedergeschlagen, erstochen und von Mithäftlingen im Massengrab auf dem Blosenberg verscharrt.

Ich frage mich wie es sein kann, vierzig Jahre seines Lebens in weitgehender Ahnungslosigkeit zu verbringen. Man wächst oberhalb des ehemaligen Konzentrationslagers auf, dessen Grundmauern längst zu einem Altenheim umfunktioniert worden sind – in Rufweite zum Südportal der Weströhre, durch das seit 1998 kein Autobahnverkehr mehr rollt. Ein von Zwangsarbeitern angelegter Luftschutzstollen verläuft fast direkt unterhalb des Elternhauses. Ich besuche die Seiten der *KZ-Gedenk-*

stätteninitiative Leonberg e.V. im Netz und lese von der Geschichtswerkstätte der Volkshochschule 1999. Ich kaufe das Buch über *Konzentrationslager und Zwangsarbeit in Leonberg* und lese in dem Beitrag von Wolfgang Schiele: »Der Tunnel der Reichautobahn Stuttgart-Heilbronn bei Leonberg wurde von Ende 1935 bis Herbst 1938 als erster Autobahntunnel in Deutschland erbaut. Die beiden rund 300 m langen Tunnelröhren waren den Planern im Berliner Rüstungsministerium als Standort für einen Verlagerungsbetrieb hoch willkommen [...] Über die im März 1944 einsetzenden hektischen Vorbereitungen zur Realisierung des Verlagerungsprojekts im Engelbergtunnel wurde die Öffentlichkeit nicht unterrichtet. Sicher ist, daß keine Zeitung darüber berichten durfte. Alle Maßnahmen unterlagen strengster Geheimhaltung. Nur die höchsten Vertreter der Kreis- und der Kommunalbehörde, der Polizei und der Parteiorgane waren informiert. Die Menschen in Leonberg mußten sich selbst einen Reim auf die Vorgänge machen, die sich anbahnten. Was hatte die Absperrung des Tunnelbereichs und der oberen Seestraße zu bedeuten, was das Erscheinen von auswärtigen Baufirmen, die Baustellen einrichteten und Barackenlager für ihre Zwangsarbeiter aufstellten? Die Mehrzahl der Leonberger wußte zunächst nicht, daß mit dem Einzug eines Betriebs der Messerschmitt AG in Leonberg die Errichtung eines KZ-Außenlagers zwingend verbunden war.«

Die Suche nach Stoff für einen neuen Kurzkrimi nimmt einen unerwarteten Verlauf: Dreihundertneunundachtzigfacher Mord, namentlich bekannte Täter und Opfer, diffuse Motive, überlebende Zeitzeugen und eine schwäbische Omerta: »Im Zusammenhang mit der Messerschmitt-Rüstungsproduktion wurden weitere kleinere Zulieferbetriebe in der Stadt angesiedelt. Es war ein Heer von deutschen Mitarbeitern, Bewachungssoldaten, fremdländischen Zwangsarbeitern und Zwangsarbeiterinnen privat und in Gemeinschaftsunterkünften in der Stadt unterzubringen. Belegt waren alle Nebenzimmer von Gasthöfen, drei Turnhallen, das evangelische Gemeindehaus, der Saal der Altpietistischen Gemeinschaft, das CVJM-Heim, ein HJ-Heim. Auf etwa 8000 am Ort anwesende Einheimische kamen damals rund 6000 Ortsfremde. Leonberg war zu einer ›Stadt im Banne der Rüstung‹ geworden.«

Monica Mather und Renate Stäbler stellen fest: »Die abgemagerten, kahlgeschorenen Männer in ihren gestreiften, dünnen Anzügen, oft nur mit Holzschuhen oder auch barfuß, sie waren 1944/45 in Leonberg nicht unsichtbar. Täglich gab es an ihrer Arbeitsstätte, den Messerschmitt-Werken im Autobahntunnel, zwei Schichtwechsel, um 6 Uhr morgens und 18 Uhr abends. Dann bewegte sich ein Zug von ihnen in Richtung Tunnel, der andere wenig später ins KZ. Zwar lag ein Teil des Lagergeländes außerhalb der Bebauung und der andere an deren Rand, aber es gab oberhalb davon für jedermann begehbare Wege und private Gärten, von denen aus man das Lager gut einsehen konnte. Auf einem Spazierweg lud sogar eine Bank zum Sitzen ein. Dort konnte man im Sommer abends lange verweilen, denn im 3. Reich war die Uhr zwei Stunden vorgestellt. Außerdem war das Gelände bei Nacht hell erleuchtet, nur bei Luftangriffen wurde das Licht ausgeschaltet.« Es kann mir keiner glaubhaft versichern, damals nichts gesehen oder gewusst zu haben.

Ich stelle mir die Ermittlungsarbeit vor: Historiker treffen auf eine Mauer aus Schweigen, Verdrängen und Misstrauen, auch noch Jahrzehnte danach. In Interviews erinnern sich Überlebende qualvoll an das erlittene Trauma und legen Zeugnis ab. Die veröffentlichten Fakten ermöglichen eine späte Anerkennung ihrer Leiden, die Stadt bekennt sich damit endlich zu ihrer Geschichte. Ist das Material für einen fiktiven Krimi? Eignet sich der regionale Holocaust für spannende Unterhaltung? Ich werde unsicher und lese weiter in den Fakten: »Zusammen mit ihrem Mann Karl hat Margarete Stingele 1944 und 1945 unter Lebensgefahr Zwangsarbeitern und KZ-Häftlingen in Leonberg geholfen. Sie hat ihnen Essen und Kleidungsstücke zukommen lassen, sie mit Informationen versorgt und kurz vor Kriegsende in ihrem Haus fünf Häftlinge einige Wochen versteckt. Ihre mutige Hilfe, ihre praktisch ausgeübte Mitmenschlichkeit wurden erst 1979 bei der Vortragsreihe *KZ in Leonberg* bekannt, als ein ehemaliger Gestapohäftling vom ›Engel des KZ in Leonberg‹ erzählte.«

Vielleicht hatte Sigmund Jabszynski im Januar 1945 auch einen Engel, der ihm Essen zusteckte. Namen und Daten sind dürre Fakten, die durch Geschichten vorstellbarer werden, sich beim Leser besser ereignen können. Es bleibt ein Spiel mit Möglichkeiten, das in diesem Fall, ich nenne ihn »Auf Messerschmitts

Schneide«, respektvoll nahe am Belegbaren bleiben soll. Die Willkür spielt mir auf Seite 387 des Buches von Joachim Baur und Birgt Wörner einen Namen und dazu ein paar Daten in einer Todesliste der Leonberger KZ-Opfer zu. Ob Sigmund Jabszynski Schlosser war ist nicht belegt, sein Geburtsjahr, das Datum seiner Ankunft und seines Ablebens dagegen schon. Da er aus dem KZ Dachau nach Leonberg kam zur Fertigung von Flugzeugteilen, ist seine handwerkliche Expertise immerhin wahrscheinlich; dass er von mitleidigen Bürgern wie Margarete Stingele gesehen wurde ebenfalls. Ein Pole, dessen letzte Station auf seinem Leidensweg Leonberg geworden ist, sein Grab auf dem Bloßenberg, ungefähr 400 m Luftlinie von meinem Elternhaus entfernt.

Ich nenne sie Gerlinde Brandstätter, geborene Mayer, Jahrgang 1920. Sie war am Abend des Neujahrstages 1945 in der Unteren Burghalde unterwegs. Schnee lag auf dem Weg, es dämmerte bereits und war bitterkalt. Auf der Autobahntrasse unterhalb sah sie eine Kolonne von KZ-Häftlingen, die im Scheinwerferlicht vom Lager zum Tunnel hinaufstiegen. Schreie von Aufsehern schnitten durch die eisige Luft. Gerlinde ging durch die tief verschneiten Gärten hinunter zum Zaun direkt neben dem Tunnelportal und versteckte sich hinter einer Hecke. Sie hatte Brot und Wurst von der Silvesterfeier eingesteckt und wartete auf einen unbeobachteten Moment, um den Häftlingen das Essen zuzustecken. Sie kannte die Dienst habenden Wachmänner inzwischen genau und wusste, dass sie bei Unterscharführer Ege gute Chancen hatte, ihre Sonderration an die Gefangenen zu verteilen. Und die Gefangenen wussten, dass um diese Zeit vielleicht wieder mal der blonde Engel Essen durch den Zaun reichen würde.

Ingrid Bauz schreibt in ihrem Artikel zu *Strafen, Krankheit und Tod im Leonberger Konzentrationslager*: »Die organisierte Unterernährung der KZ-Häftlinge ließ wenig Überlebenschancen. Die alltägliche Gewalt beschleunigte den Zusammenbruch. Unterernährung, Willkür und Bestrafungen sind in der Regel nachweisbar und als Todesursachen zu benennen. Eine empirische Untersuchung der zerstörenden Auswirkungen von ständiger Erniedrigung und Seelenmord ist dagegen nicht möglich. Ihr starker Einfluß auf die körperliche und seelische Verfassung der Häftlinge steht jedoch außer Frage. Die Häftlinge lebten inmitten Sterbender und mit der ständigen Angst vor dem eigenen Tod. Das SS-Lagerregime reduzierte sie auf Wesen, deren Denken, Fühlen und Handeln nur noch von Hunger und Todesangst bestimmt und geleitet wurde […] Ihre Lagererfahrung hatte sie gelehrt, daß auch in Leonberg ihr weiteres Lebensrecht unmittelbar an ihre Verwertbarkeit als Arbeitskraft gebunden war. Der Tod war längst zu ihrem Begleiter geworden […] Der Name wich einer Nummer. Alle persönlichen Gegenstände wurden konfisziert. Der gestreifte Drillich ersetzte die bisherige Kleidung, unbequeme Holzpantinen die Schuhe. Das weitere Leben hing an einem seidenen Faden und alle verfügbaren Kräfte mußten darauf ausgerichtet werden, durchzuhalten um zu überleben. Die Angriffe auf das Häftlingsleben waren vielfältig und permanent. Sie drohten vom willkürlichen Terror der SS und ihrer Handlanger, bei den Selektionen der nicht mehr ›Arbeitsfähigen‹, den Strafen und Hinrichtungen. Sie waren eine Konsequenz der völlig unzureichenden, nährstoffarmen Essensrationen. Sie begleiteten die geschwächten Häftlinge auf ihrem Gang von und zur Arbeit und waren allgegenwärtig bei der Arbeitsplage. Sie bestiegen mit den Häftlingen die Viehwaggons und waren bedrohliche Begleiter bis zur Ankunft im nächsten Lager […] Als das Konzentrationslager in Leonberg im April 1944 eingerichtet wurde, war nicht nur das Deutsche Reich bereits mit Lagern übersät, es gab sie auch in vielen Ländern, die von der deutschen Wehrmacht besetzt worden waren [...] Der Häftlingsalltag war streng reglementiert. Vorherrschend waren militärischer Drill und militärische Disziplin, die mit Schlägen und Geschrei erzwungen wurden. Verstöße gegen Lagerregeln wurden bestraft, das jeweilige Strafmaß war ebenfalls geregelt [...] Strafen erfolgten in der Praxis jedoch nicht nur auf Verstöße gegen die Lagerordnung, sondern waren vielfach Folge von Bewacherwillkür [...] Wie in vielen KZ-Außenlagern 1944 zu jener Zeit üblich, setzte sich auch die Leonberger Bewachungstruppe nicht mehr ausschließlich aus SS- Angehörigen zusammen. Kriegsbedingte Engpässe bei der SS wurden mit Wehrmachtssoldaten der Luftwaffe ausgeglichen, die zu diesem Zweck der SS unterstellt worden waren [...] Es scheint ein ungeschriebenes Gesetz gewesen zu sein, daß niemand Sanktionen zu fürchten hatte, wenn er oder sie die Häftlinge noch brutaler behandelte, als es in den Lagern sowieso die Regel war. Gefahr drohte höchstens denjenigen, die zuviel Nachsicht walten ließen [...] Vor den gewöhnlichen, alltäglichen Demütigungen und Schlägen schützten weder Gehorsam gegenüber den Peinigern noch bedingungslose Unterordnung. Sie waren Bestandteil des Alltags und keine Folge eines Fehlverhaltens gegenüber dem strengen Lagerreglement. Da nur höchste Wachsamkeit eine minimale Chance bot, weniger Schläge abzubekommen, waren die geschwächtesten Häftlinge ihnen am meisten ausgesetzt. Wer sich mit letzter Kraft zur Arbeit schleppte, konnte kaum mehr im Gleichschritt marschieren oder die Arbeitsabläufe tadellos ausführen [...] Auch mancher Funktionshäftling schreckte nicht davor zurück, seine Leidensgenossen zu quälen, sei es, weil er der SS imponieren wollte und sich davon persönliche Vorteile versprach, oder weil er vergessen hatte, daß er selbst ein Opfer war [...] Die Bewacher agierten in einem Rahmen, dessen Grenzen von ihrem Einfallsreichtum und ihrer Gewaltbereitschaft gezogen wurden. Ihrer Brutalität waren keine äußeren Grenzen gesetzt. Beim täglichen Umgang mit den Häftlingen gehorchten sie keinen ausdrücklichen Befehlen. Niemand trieb sie an, dies oder jenes zu tun. Die einen waren mehr, die anderen weniger brutal. Die Unterschiede wurden von den Häftlingen meist sehr schnell erkannt und sie wußten, wen sie mehr und wen sie weniger zu fürchten hatten.«

Gerlinde Mayer wusste, dass sie sich mit diesen illegalen Hilfsaktionen in Lebensgefahr begab. Sie war die 24jährige Tochter eines Rechtsanwalts und konnte die Vorgehensweise der SS gegen Sabotageakte ähnlicher Art in den Akten auf dem Schreibtisch ihres Vaters nachlesen.

Dennoch kam es an diesem Neujahrsabend zur ersten Begegnung zwischen Gerlinde Mayer und Sigmund Jabszynski. Der Häftling aus Polen war erst am Vortag im KZ in Leonberg angekommen und gehörte zur ersten Schicht, die gerade um 18 Uhr von der zweiten abgelöst worden war. Jabszynski war als gelernter Schlosser vom KZ Dachau abkommandiert worden und hatte bereits von seinen polnischen Landsleuten im Lager erfahren, dass eine junge Frau in der Nähe des Portals ab und zu hinter einer Hecke den angeblich austretenden Häftlingen Brotrationen zusteckte. Scharführer Ege war ein vergleichsweise nachgiebiger Aufseher, der den Leuten erlaubte sich ihrer Notdurft nicht in ihr Essgeschirr im Tunnel zu entledigen, sondern am Lagerzaun im Freien. Gerlinde konnte in der Dämmerung Sigmunds ausgemergeltes Gesicht sehen, seine Augen, die sich auf einmal mit Leben füllten, als er sie sah. Der blonde Engel stand vor ihm, steckte ihm einen Wurstring und einen halben Laib Brot zu und verschwand im nächsten Moment wieder hinter der Hecke. »Dawai, dawai, dawai! Wir hamm nicht ewig Zeit, ihr Pissnelken! Abmarsch, los, los!« Ege trieb die Kolonne zur Eile, aber der Moment unverhoffter Zuwendung durch eine schöne Unbekannte weckte die Lebensgeister in Sigmund Jabszynski und ließ ihn die Qualen des Lagers an jenem Abend etwas leichter ertragen. Das Brot wurde unter den Mithäftlingen in der Holzbaracke des ›alten Lagers‹ aufgeteilt, für jeden nicht mehr als ein paar Bissen. Die Wurst versteckte Jabszynski unter seinem Strohsack und rationierte sie in den folgenden Tagen streng.

Die Szene wiederholte sich am Abend von Dreikönig. Dank Eges Geleit konnte der polnische Häftlingstrupp eine neue Brotration in Empfang nehmen. »Wie heißen?«, flüsterte Sigmund fragend durch den Zaun. »Gerlinde« flüsterte der Engel mit einem vorsichtigen Lächeln zurück und verschwand hinter der Hecke in der Dämmerung. »Sigmund« rief er ihr noch nach und war sich nicht sicher, ob sie seinen Namen gehört hatte. Für Nummer 40324 hatte die Hoffnung nun einen Namen und ein Gesicht: die Güte in ihren Augen, das blonde Haar, die Wärme ihrer Hand, als sie ihm das Brot reichte. »Dawai, dawai, dawai…«

Noch in Dachau hatte Sigmund Jabszynski sich einen seiner Holzpantinen präpariert. Mit einem Messer hatte er in die Sohle von oben eine Vertiefung geschnitzt, um das kostbare Werkzeug darin aufzubewahren. Darüber hatte er eine Ledersohle aufgenagelt, sodass er das Messer immer unter seinem rechten Fuß spüren konnte. Das Messer hatte Nummer 40324 schon wertvolle Dienste geleistet. Er hatte in Dachau allerlei Schnitzarbeiten ausgeführt, konnte sich von Gerlindes Wurst jeden Abend heimlich eine Scheibe abschneiden und war darüber hinaus als einziger Häftling bewaffnet. In der Baracke waren Holzreste vom Bau liegen geblieben, die Sigmund nun mit seinem Messer bearbeitete. Er wollte Gerlinde zum Dank eine Engelsfigur schnitzen.

Feindliche Stürme durchtoben die Lüfte,
drohende Wolken verdunkeln das Licht.
Mag uns auch Schmerz und Tod nun erwarten,
gegen die Feinde ruft auf uns die Pflicht.
Wir haben der Freiheit leuchtende Flamme
hoch über unseren Häuptern entfacht:
die Fahne des Sieges, der Völkerbefreiung,
die sicher uns führt in die letzte Schlacht

Das polnische Revolutionslied »Warschawjanka« erlangte für polnische Gefangene in den Konzentrationslagern große symbolische Bedeutung. Auch Sigmund Jabszynski sang es in diesen Januartagen leise vor sich hin. Der Trotz des Gesungenen kerbte sich beim Schnitzen in das Holz ein. Er konnte die Energie der sich behutsam aus dem Klotz schälenden Engelsfigur durch alle Kälte hindurch deutlich spüren. Das Tannenharz verströmte ein revolutionäres Aroma.

Auf, auf nun zum blutigen, heiligen Kampfe.
Bezwinge die Feinde, du Arbeitervolk.
Auf die Barrikaden, auf die Barrikaden,
erstürme die Welt, du Arbeitervolk!

Tod und Verderben allen Bedrückern,
leidendem Volke gilt unsere Tat,
kehrt gegen sie die mordenden Waffen,
Auf daß sie ernten die eigene Saat!
Mit Arbeiterblut getränkt ist die Erde,
gebt euer Blut für den letzten Krieg,
daß der Menschheit Erlösung werde!
Feierlich naht der heilige Sieg.

Der innige Wunsch war Vater des Gesungenen und sprach der Realität ohnmächtigen Ausgeliefertseins Hohn. Sigmunds Hoffnung war auf seiner inzwischen sechsjährigen Odyssee in Konzentrations-, Arbeits- und Vernichtungslagern durch halb Europa vollkommen erloschen gewesen. Eine immer stärker werdende Todessehnsucht hatte seinen langsam erschlaffenden Überlebenswillen beinahe niedergerungen. Der körperliche Verfall tat sein übriges. Nummer 40324 hatte immer häufiger mit dem Gedanken gespielt sich mit seinem Messer die Pulsadern aufzuschneiden.

Elend und Hunger verderben uns alle,
gegen die Feinde ruft mahnend die Not,
Freiheit und Glück für die Menschheit erstreiten!
Kämpfende Jugend erschreckt nicht der Tod.
Die Toten, der großen Idee gestorben,
werden Millionen heilig sein.
Auf denn, erhebt euch, Brüder, Genossen,
ergreift die Waffen und schließt eure Reih'n!

Der getaufte Katholik Jabszynski hatte schon lange aufgehört mit Gott zu hadern. Es konnte ihn nicht geben, das war klar. Das Himmelreich war für ihn als Projektion längst entlarvt, ein menschliches Konstrukt der Herrschenden über die Gläubigen, die mit deren Gottesfurcht Schindluder trieben. Die Kirchen spielten bei dem Totentanz die zweite Geige, ließen die Nazis gewähren und schwiegen sich aus.

Gerlinde Meyer schämte sich für ihre Mitbürgerinnen und Mitbürger, die nicht nur feige wegsahen, schwiegen und das allgegenwärtige Elend verdrängten, sondern sich sogar am Leid der Häftlinge ergötzten und ihnen mit Verachtung begegneten. Keineswegs waren das nur die überzeugten Nazis, sondern viele,

viele Mitläufer, die später von nichts gewusst haben wollten, aus der vagen Angst heraus in etwas hineingezogen zu werden. Anfang 1945 war Gerlinde längst im heiratsfähigen Alter, ihre Eltern drängten auf eine baldige Hochzeit. Sie konnte sich vor Verehrern kaum retten, sie war aus gutem Hause, wohlhabend und dazu noch bildhübsch – eine gute Partie eben. Ihren Ansprüchen an eine Beziehung konnte bislang jedoch noch keiner der jungen Herren genügen. Sie war eigenständig im Denken und Handeln, von ihren Eltern liberal erzogen worden. »Mach doch, was de willsch«, waren häufig die Worte von Rechtsanwalt Mayer, wenn seine Tochter sich mal wieder etwas in den Kopf gesetzt hatte. Damit konnte er freilich nicht die humanitären Aktionen meinen, die Gerlinde tunlichst vor ihm geheim hielt. Der Jurist beugte sich nur widerwillig den Gepflogenheiten der NS-Justiz, gleichwohl war er mit den Prozeduren der sogenannten ›Rechtssprechung‹ vertraut, die sich in den letzten Monaten noch einmal deutlich radikalisiert hatte.

Ich schlage den Bogen zur jüngeren Vergangenheit. Das erfüllte Leben Gerlinde Brandstätters neigte sich im neunzigsten Lebensjahr langsam dem Ende zu. Ich besuchte sie auf Anregung von Eberhard Röhm, dem Vorsitzenden der *KZ-Gedenkstätteninitiative*. Sie hatte vor fünf Jahren ein Zimmer im Samariterstift in der Seestraße in Leonberg bezogen. Nun saß mir die rüstige Alte in einem Lehnstuhl gegenüber und musterte den jungen Schreiberling, der sich für ihre Geschichte zu interessieren schien. »Wisst'se, i han me verguggd ghet. Sigmund hat der ghoißa und isch aus Pola gwesa. 1944 hen die miassa Flugzeugteile zammaschrauba im alde Engelbergtunnel. Am Neujahrstag ben i zom Lager ganga on han denne arme Leut Brot on Wurschd zugschdeggd. Un då han e'n Sigmund 's erschde Mål gsea. Bloß a paar Minudda hemmer ons gsea, aber des had greicht, das mir boide Feuer gfanga hen. Des war nadierlich a

omegliche Gschichd, i hau des neamerz saga derfa, au meine Leid nett.«
Sigmund hatte Gerlinde bei der nächsten Begegnung am Zaun den Holzengel zugesteckt und für einen Moment ihre warme Hand in seiner unterkühlten gehalten. Mitte Februar sahen sich die beiden ein viertes und letztes Mal. Dabei steckte Sigmund seinem Engel einen Brief zu, den Gerlinde sich erst kurz nach dem Krieg übersetzen lassen konnte. Die alte Dame erhob sich mühsam aus ihrem Sessel, suchte zwischen alten Büchern in einem kleinen Regal am Fußende des Bettes einen vergilbten Briefbogen heraus und gab ihn mir zu lesen.

»Gerlinde, mein Engel!
Würde ich noch an einen Gott glauben, könnte ich sagen: Dich schickt der Himmel. Du kannst Dir nicht vorstellen, was deine Gegenwart für mich bedeutet. Auf einmal hat das Trostlose ein Ende, werde ich wieder Mensch und fange an zu hoffen: dass dieser Totentanz ein Ende nimmt und ich gerettet werde. Dass wir zusammen ein glückliches Leben beginnen können, ohne Angst vor Barbaren, die anderen das Dasein zur Hölle machen. ›Dein Brot gib uns heute‹, für mich hatten diese Zeilen keine Bedeutung mehr, bis du mir zum ersten Mal einen halben Laib durch den Zaun gereicht hast. Ich bin glücklich dich zu sehen und muss dich dennoch bitten, nicht mehr zum Lager zu kommen. Ege ist abkommandiert worden, der neue Aufseher ein ganz scharfer Hund. Du begibst dich in Lebensgefahr und musst doch diesen Wahnsinn überleben! Bewahre den Engel aus Holz als Andenken an Deinen
dich liebenden Sigmund«

Am 17. Februar 1945 wurde Sigmund von Aufsehern in der Baracke dabei erwischt, wie er sich mit seinem Messer eine Scheibe von Gerlindes Wurst abschnitt. Im folgenden Verhör wurde er zusammengeschlagen, weil er nicht sagen wollte, woher er die Wurst bekommen hatte. Als er bewusstlos zusammensackte, stach der Lagerleiter – SS-Untersturmführer Arnold Brendler persönlich – Sigmund Jabszynski das eigene Messer ins Herz. Offiziell erlag Nummer 40324 einem Herzversagen als Folge der harten Arbeitsbedingungen im Konzentrationslager Leonberg. Gerlinde erfuhr vom Tod Sigmunds durch die Mithäftlinge Teodor Tropiec und Binem Urbas. Die beiden mussten den Erstochenen am Abend des 17. Februar zum Blosenberg schleifen und ihn im frostharten Boden verscharren. Gerlinde kam bis zur Auflösung des Lagers im April 1945 regelmäßig in der Dämmerung zum Zaun und versorgte die Inhaftierten mit Lebensmitteln.

Nach dem Krieg heiratete sie den Leonberger Installateur Eugen Brandstätter und brachte drei Kinder zur Welt. Eher eine Zweckheirat, die dem Drängen der Eltern nachgab und der Existenzsicherung während der Nachkriegszeit geschuldet war. In den Jahrzehnten danach zehrte Gerlinde von den kurzen Momenten, die sie Sigmund Jabszynski gegenübergestanden, seine Hand gespürt und in seine tieftraurigen Augen geblickt hatte. Den geschnitzten Engel hütete sie zusammen mit dem Brief wie einen Schatz, durch all die Jahre des Wirtschaftswunders, des Verschweigens, des Argwohns hindurch. »Wisst 'se, die hen älle nix wissa wella, hen ihr'n bleda Kopf in da Sand gschdeggd on so do, als wär nix gwea. Als die mitkriagd hen, wa'ne do han, dortmåls, hen die mi gschnidda und hälenga rumdo.« Gerlinde Brandstätter spürte die Scham ihrer Mitbürger, die sich in mehr oder weniger offenem Zorn entlud. Die Frau des Installateurs blieb eine Außenseiterin. Ihren Kindern und Enkeln erzählte sie ausführlich vom Leonberger KZ, von der Feigheit der Einheimischen und dem Leiden der Häftlinge.

Jörg Lesczenski von der Ruhr-Universität Bochum schrieb 2002 in einer Rezension: »Besonders seit Dezember 1944 litten die Häftlinge unter katastrophalen Haftbedingungen. Aufgrund von Überbelegung, Unterernährung und unzureichenden sanitären Einrichtungen brachen alsbald Fleckfieber und Typhus aus. Der Tod von 389 KZ-Häftlingen ist für Leonberg nachgewiesen. Weit mehr starben. Viele der entkräfteten, kranken und ausgezehrten Männer wurden in typische Sterbelager wie Vaihingen/Enz, Dachau und Bergen-Belsen transportiert.

Nur wenige Tage, ehe die französischen Streitkräfte Leonberg erreicht hatten und die verbliebenen 2.700 Häftlinge hätten befreien können, wurden diese in Todesmärschen und Todesfahrten nach Bayern getrieben. Viele von ihnen starben dabei noch.

Die Autorinnen und Autoren [des Buches *Konzentrationslager und Zwangsarbeit in Leonberg*] haben über zwei Jahre mit Akribie eine Fülle neuer schriftlicher Quellen erschlossen und stützen sich bei ihren Ausführungen darüber hinaus besonders auf insgesamt 51 Zeitzeugeninterviews. Hinzu kamen elf schriftliche Berichte von früheren Insassen und Gestapo-Häftlingen [...] Ingrid Bauz, Volger Kucher, Monica Mather, Renate Stäbler und Eberhard Röhm leuchten den Mikrokosmos des Lagers aus, skizzieren seinen Aufbau und organisatorische Struktur und beschreiben ausführlich den ›Häftlingsalltag hinter Stacheldraht‹. Es schließen sich Aufsätze an, die sich von der eigentlichen Geschichte des KZ lösen und ihren Focus auf weitere Stätten der Zwangsarbeit in Leonberg richten (Eberhard Röhm, Wolfgang Schiele), stand doch in den letzten Kriegsmonaten die gesamte Stadt ›im Banne der Rüstung‹. Schließlich fragen Monica Mather und Renate Stäbler nach den Handlungsspielräumen im NS-System, versuchen der Wahrnehmung des KZ und seiner Häftlinge in der Leonberger Bevölkerung nachzugehen und skizzieren den Lebensweg des ehemaligen Stadtbrandmeisters Walter Schnabel, ›der in seiner Jugend den Nazis die Stirn bot‹. Die trotz aller stilistischen Vielfalt durchgehend gut lesbaren Beiträge werden durch fünf Portraits ehemaliger Häftlinge und zwei Namenslisten, die alle bekannten Gefangenen und Toten des KZ erfassen, sinnvoll ergänzt. [...] Das ›Beschweigen der Vergangenheit‹ steht in der Kleinstadt auch heute noch häufig genug einem offenen Kommunikationsprozess über die nationalsozialistische Gewaltherrschaft im Wege. Die Arbeitsgruppe schreibt die Geschichte des KZ Leonberg konsequent aus der Perspektive der Opfer. Den zahlreichen Tätern, den KZ-Kommandanten, dem Wachpersonal, den örtlichen NS-Größen und den Unternehmern in den Chefsesseln schenken die Verfasser nur am Rande Aufmerksamkeit. Überdies: Obwohl nahezu alle Beiträge bemüht sind, die an einem lokalen Fallbeispiel gewonnenen Erkenntnisse in die allgemeine Geschichte von Zwangsarbeit und Kriegswirtschaft in Beziehung zu setzen, ließen sich nicht alle lokalen Spezifika bestimmen. Gerade die Position Messerschmitts, das konkrete Wechselverhältnis zwischen den Ansprüchen des Industriekonzerns und städtischen Interessen, oder auch der Einfluss des Unternehmens auf die örtlichen Machtstrukturen, werden nur in groben Strichen angedeutet [...] Zum Leidwesen der Herausgeber gibt es laut Auskunft der EADS (European Aeronautic Defence and Space Company) in München, wo die Messerschmitt-Akten liegen, keine Unterlagen zum Leonberger Tunnel. Der sehr spärlichen Quellenlage ist es ebenfalls zu schulden, dass detailliertere Sozialprofile der Täter und eine genauere Analyse ihrer Motivstrukturen wohl nicht mehr zu leisten sind.«

Ich musste Gerlinde Brandstätter versprechen ihre Geschichte aufzuschreiben, damit sie nicht vergessen wird. So konnte die alte Dame, die ihr Zimmer im Samariterstift auf den Grundmauern des ›neuen Lagers‹ bezogen hatte, nach über fünfundsechzig Jahren noch ihren Frieden mit den Leonbergern machen. Und ich habe mich, spät genug, mit dem Ort meiner sorglosen Kindheit am Engelberg in Sichtweite des ›verschwundenen‹ Konzentrationslagers neu auseinandergesetzt, auch wenn dabei keine Kriminalgeschichte im engeren Sinn herausgekommen ist.

Abflug

»Willkommen, meine lieben Zuhörer an den Radiogeräten, Sie hören den Süddeutschen Rundfunk. In diesem Jahr fährt erstmals die *Formel 1* um den ›Großen Preis der Solitude‹ vor den Toren Stuttgarts. Es werden fünfundzwanzig Runden gefahren, eine Strecke von über 285 Kilometer ist zu absolvieren. Die Massen strömen seit den Morgenstunden zur Solitude. Über 400.000 Zuschauer sind seit dem frühen Nachmittag von den internationalen Motorradläufen begeistert. In der Klasse bis 250 ccm siegte wie gewohnt der für Rhodesien startende Jim Redman, vor dem Briten Hartle und Alberto Pagani aus Italien. Bei den Gespannen konnten sich wie im Vorjahr Deubel/ Hörner in die Siegerlisten eintragen. Zweite wurden August Rohsiepe und Lothar Böttcher vor den Brüdern Butscher, alle auf *BMW*. Gerade läuft das ›Internationale Solitude-Rennen‹ der ›Grande-Tourisme-Wagen‹. Die deutschen Porschefahrer Strähle, Koch, Lieb, Glemser und Nyffeler liefern sich mit den Ferrari-Piloten von Csazy aus der Schweiz und dem Belgier Dernier ein packendes Finish.«

Günter Freund berichtete am 15. Juli 1962 für den Süddeutschen Rundfunk live im Radio von den Rennen an der Solitude-Strecke. Als Höhepunkt des Tages sollte noch ein dramatisches *Formel 1*-Rennen folgen, ein halsbrecherischer Wettlauf im wörtlichsten Sinn.

»Es herrscht strahlender Sonnenschein. Die Fahrer lenken ihre Boliden nach der Aufwärmrunde vor dem Zeitnehmerturm auf ihre Positionen. Vorne auf dem ersten Startplatz steht der Brite Jim Clark in seinem *Lotus 25*, daneben Dan Gurney aus den Vereinigten Staaten in einem *Porsche 804*. In der zweiten Startreihe stehen der Schwede Joakim Bonnier, ebenfalls *Porsche 804* und Heinz Schiller aus der Schweiz in einem *Porsche 718*.

Dahinter finden sich der Brite Trevor Taylor in seinem *Lotus 24* und Ian Burgess, ebenfalls Großbritannien, in einem *Cooper*. Der zweite *Cooper* steht in der vierten Startreihe, gefahren vom Franzosen Bernard Collomb. Daneben Gerhard Mitter aus Deutschland in seinem *Lotus 21*. Aus der letzten Reihe starten Carel Godin de Beaufort aus den Niederlanden, in einem *Porsche 718* und Günter Seifert in einem *Lotus 18*. Das Feld steht bereit, der Starter hebt die Flagge, die Motoren heulen auf. Jeden Moment wird das Rennen beginnen…«

Die Tradition der legendären Solitude-Rennen hatte bereits im Jahr 1903 mit einem Bergsprint für Motorräder vom Stuttgarter Westbahnhof hinauf zum Schloss Solitude begonnen. Ein paar Jahre später war der Start zum Schützenhaus im Vorort Heslach verlegt worden. Bis 1924 hatte man dann auf dieser Strecke alljährlich ein Bergrennen ausgetragen, ab 1922 auch mit Sport-

und Rennwagen. *Mercedes* hatte von Beginn an alljährlich seine besten Rennwagen und Fahrer zur Solitude geschickt und bei *BMW* hatte man das bereits renommierte Rennen für den Ersteinsatz der neuen Rennmotorräder gewählt. 1925 war erstmals ein Rennen ›Rund um die Solitude‹ über zirka zweiundzwanzig Kilometer Rundenlänge ausgetragen worden. Der Rundkurs hatte als sehr anspruchsvoll gegolten und war mit der berühmten Targa Florio in Sizilien verglichen worden. Immer mehr ausländische Fabrikate und Fahrer hatten teilgenommen, sodass die Veranstaltung bald zu den besten Europas gezählt worden war. Von Jahr zu Jahr hatte die Zuschauerzahl zugenommen und die Renntage waren mitunter zu wahren Volksfesten geraten. Nach 1927 war die Strecke aus Sicherheitsgründen nicht mehr von Automobilen befahren worden und bis 1937 hatten nur noch Motorradrennen stattgefunden. 1931 war die Streckenlänge auf neunzehn Kilometer verkürzt und 1935 ein neuer elf Kilometer langer Rundkurs abseits von Schloss Solitude durch das Mahdental gefunden worden, der klassische Solitude-Ring der Nachkriegszeit.

Zwischen den beiden Kriegen war das Solitude-Rennen zu einer international renommierten Motorsportveranstaltung geworden. 1922 hatte man die Wettkämpfe zunächst weiter auf der bekannten Bergstrecke zwischen Heslach und dem Schloss Solitude ausgetragen. Neben Motorrädern waren nun auch erstmals Automobile bis hin zu Grand Prix-Rennwagen gestartet. *Daimler* und *Benz* hatten damals noch getrennte Werksteams geschickt. Zur Fusion war es erst 1926 gekommen. In der Daimler Motoren Gesellschaft hatte ab 1923 Ferdinand Porsche als Leiter des Konstruktionsbüros gearbeitet. Unter seiner Führung waren dort sehr erfolgreiche GP-Rennwagen entstanden, die auch auf der Solitude zum Einsatz gekommen waren. Ab 1925 war aus dem Solitude-Bergrennen ein riesiger Rundkurs mit über zweiundzwanzig Kilometern Länge geworden, vergleichbar etwa dem Nürburgring, der zwei Jahre später entstand. ›Rund um die Solitude‹ waren jetzt die jährlichen Rennen für Motorräder und Automobile genannt worden. Bei den Motorrädern hatte die junge Marke *BMW* auf der Solitude den Grundstein ihrer Erfolgsgeschichte gelegt. Die schon etablierte Marke *NSU* war mit ihren Zweirädern, aber auch mit Renn- und Tourenwagen, erfolgreich gewesen. Ab 1926 war das Solitude-Rennen ein Anziehungspunkt für die besten Rennfahrer Europas geworden. Deutsche Helden wie Ernst Henne, Karl Gall oder Paul Köppen hatten hier plötzlich Konkurrenz von internationalen Stars bekommen, wie Joe Craig oder Tazio Nuvolari. Die Rennen waren schon damals von Jahr zu Jahr schneller geworden, was dazu geführt hatte, dass ab 1928 keine Automobilrennen mehr auf der Solitude hatten stattfinden durften. 1931 hatte man den Rundkurs auf zirka neunzehn Kilometer verkürzt und 1935 war schließlich der klassische Solitude-Rundkurs mit elf Kilometer Gesamtlänge gefunden worden, der am Glemseck auf 383 m Höhe gestartet wurde, dann steil bis zum Frauenkreuz auf 502 m anstieg, um dann gleichmäßig wieder abzufallen. Besondere Merkmale waren die 2,3 km lange Hochgeschwindigkeitsgerade zwischen Steinbachsee und Schatten, die Schatten-S-Kurven und das drei Kilometer lange Kurvengeschlängel im Mahdental. Insgesamt hatte der anspruchsvolle Kurs sechsundzwanzig Links- und neunzehn Rechtskurven. Wer sich hier einmal hatte durchsetzen können, brauchte sich um den Respekt seiner Gegner nicht mehr zu bemühen. 1937 hatte das letzte Solitude-Rennen vor dem Krieg stattgefunden. Großartige Rennen hatte man bis dahin auf dieser hügeligen Naturrennstrecke erlebt. Und große Namen wie Ted Mellors, Tom Bullus, Oskar Steinbach, H.P. Müller, Heiner Fleischmann, Stanley Woods oder Wilhelm Herz hatten sich dort ein Stelldichein gegeben.

Das erste Nachkriegsrennen war 1949 ausgetragen worden. Die Zuschauer waren in Scharen geströmt. Automobile waren nun auch wieder zugelassen worden und so hatte ein neues Kapitel der Solitude-Renntradition begonnen. Stars der ersten Stunde waren aber die Motorradfahrer gewesen, mit Tourist Trophy-Sieger Georg Maier an der Spitze. Der ADAC als Ausrichter des ›deutschen Motorrad Grand Prix‹ hatte die Solitude kontinuierlich ausgebaut und ab 1952 hatte sie den ›Großen Preis von Deutschland‹ bekommen. Unglaubliche Zuschauerzahlen von bis nahezu einer halben Million hatten die Renntage der fünfziger Jahre bevölkert. Zu dieser Zeit hatte *NSU* den Gipfel des Motorradrennsports erklommen und mit Werner Haas, Rupert Hollaus und H.P. Müller insgesamt fünf Weltmeistertitel geholt. Ab 1954 hatte außerdem die Dominanz von *BMW* bei den Gespannrennen begonnen. Die WM-Läufe hatten alle berühmten Rennfahrer auf die Solitude gebracht, wie Geoff Duke, Umberto Masetti, Eric Oliver, Carlo Ubbiali, Bill Lomas, oder Reg Armstrong.

Ab 1954 hatte der Motorsport auf der Solitude mit der Rallye Solitude noch eine weitere Komponente bekommen. Auf dem Solitude-Ring und in naher Umgebung war eine sportliche Prüfungsfahrt für Automobile ausgetragen worden, die bald fast ebenso populär war wie die Rennveranstaltung. Formel-Rennwagen waren zu Anfang der sechziger Jahre immer mehr zur Attraktion geworden. Bei Porsche hatte man zunächst *Formel 2*-Rennwagen mit 1,5-Liter-Motoren gebaut. Rennidol Hans Herrmann war 1960 auf der Solitude gefahren und nur knapp von Graf Trips auf Ferrari geschlagen worden. 1961 war erstmals die *Formel 1* auf die Solitude gekommen, mit allen Stars und auch ein Porsche Werksteam war dabei.

»Liebe Motorsportfreunde, die Zuschauerkulisse an der Strecke ist überwältigend. Motorsport-Enthusiasten aus nah und fern haben sich eingefunden. Sie bevölkern die provisorisch errichteten Tribünen und sitzen auf den gerodeten Böschungen in unmittelbarer Nähe zur Fahrbahn.«

In der Boxengasse standen an diesem Sonntagnachmittag im Juli 1962 die jungen, hübschen Frauen wie an jedem anderen Rennwochenende und wie an jeder anderen Rennstrecke auf der ganzen Welt. Sie posierten in knappen Kostümen als Werbeträger, sorgten zwischen Benzingestank und Motorenlärm für den erotischen Touch der Rennsportveranstaltung und gaben der ansonsten verschlafenen schwäbischen Provinz vor den Toren der Landeshauptstadt einen Hauch von weltläufigem Glamour. Küsschen hier, Küsschen da für den Sieger auf dem Treppchen, ein aufgesetztes Lächeln für die Fotografen aus aller Welt.

»Das Rennen beginnt, die Wagen beschleunigen bis zur ersten Kurve am Glemseck, Clark erwischt einen guten Start, dicht gefolgt von Gurney und dem restlichen Feld. Nun geht es den

Berg hinauf durch die Hedersbachkurve. Der *Lotus* von Clark läuft hervorragend, das Feld zieht sich auseinander. Das *Porsche*-Werksteam mit den Typen 804 und 718 hat sich akribisch auf dieses Rennen vorbereitet. Die Wagen nehmen die Steigung mit lautem Gedröhn, das Feld ist nun im Wald Richtung Frauenkreuz verschwunden.«

In der Boxengasse standen die jungen, Öl verschmierten Mechaniker und warteten gespannt auf die vorbei rasenden Boliden. Tankstops und Reifenwechsel waren bei den Rennen damals noch nicht üblich. Ihre Arbeit war mit dem Start eigentlich beendet. Sie hatten während der Trainingstage die Wagen für die Rennställe Lotus, Porsche und Cooper optimal auf die Strecke eingestellt.

»Die Fahrer nähern sich wieder dem Start-Ziel-Bereich. Clark kommt als erster herangeflogen. Spitzengeschwindigkeiten von über 250 Stundenkilometer sind hier keine Seltenheit. Dahinter kommen Gurney, Bonnier, Schiller und Taylor. Burgess schon mit etwas Abstand in seinem *Cooper*, dann Collomb, Mitter und de Beaufort. Seifert ist letzter und mit seinem Wagen offenbar nicht ganz konkurrenzfähig. Die Zuschauer an der Strecke jubeln, übertönen den Lärm der Motoren. Fahnen werden geschwenkt, eine prachtvolle Kulisse!«

Freund schwärmte an diesem Sommersonntag durch den Äther und die Zuhörer in ihren Gärten, auf ihren Balkonen oder in ihren kühlen Wohnzimmern waren gefesselt von dem spannenden Rennen und der begeisternden Berichterstattung. Man hörte gerne Radio und die Sportreportagen an den Wochenenden erfreuten sich auch damals schon besonderer Beliebtheit.

Das Feld zog sich mit zunehmendem Rennverlauf immer weiter auseinander. Die Dominanz der neuen *Porsche 804* war augenfällig, Gurney und Bonnier setzten sich in der dritten Runde an die Spitze, Clark hatte mit seinem *Lotus* zunehmend Probleme und wurde bald darauf von den Führenden überrundet. Ansonsten bot der enge und schwer zu fahrende Kurs wenig Gelegenheiten für Überholmanöver. Da der Lauf nicht zur Weltmeisterschaft zählte, waren einige namhafte Teams nicht am Start. Der spätere Weltmeister Graham Hill auf *BRM* fehlte ebenso wie *Ferrari* mit Willy Mairesse und Giancarlo Baghetti oder Jack Brabham in seiner Eigenkonstruktion mit eigenem, neuem Rennstall.

»Wir sehen die 20. Runde. Gurney und Bonnier sind weiter in Front. Der *Porsche* läuft heute wieder ausgezeichnet. Der Sieg beim Großen Preis von Frankreich vor zwei Wochen war offenbar keine Eintagsfliege. Clark hingegen mit deutlichen Problemen. Er ist bereits mehrfach überrundet und befindet sich erst in der 18. von insgesamt 25 Runden. Nun kommt das weitere Feld mit Schiller und Taylor auf den Rängen 3 und 4. Der Abstand auf Burgess, Collomb, Mitter und de Beaufort beträgt schon über eine Runde. Nun müsste Seifert in seinem unterlegenen *Lotus 18* auftauchen. Der sympathische Deutsche hat schwer zu kämpfen. Wo bleibt Seifert?«

Freund konnte zu diesem Zeitpunkt noch nicht wissen, dass sich im Mahdental kurz vorher ein schwerer Unfall ereignet hatte. Günter Seifert war in seiner 18. Runde kurz hinter dem Café Glemstal in einer leichten Rechtskurve aus noch ungeklärter Ursache von der Piste abgekommen und ungebremst in einen Baum gerast. Die Zuschauer auf der gegenüberliegenden Böschung sahen den furchtbaren Crash aus nächster Nähe, Streckenposten eilten zur Unglücksstelle und konnten den Fahrer nur noch tot aus dem zerstörten Wrack ziehen. Die aktiven und passiven Sicherheitsvorkehrungen waren für die gefahrenen Geschwindigkeiten völlig unzureichend, Auslaufzonen oder Reifenstapel in dem engen Waldstück nicht vorhanden. Dieser und

andere Unfälle mit Motorrädern und Rennwagen führten dann schließlich 1965 zum Ende der Meisterschaftsläufe auf der gefährlichen Solitude-Rennstrecke. Keiner ahnte an diesem Nachmittag des 15. Juli 1962, dass die Tötung von Seifert bewusst herbeigeführt worden war.

»Soeben erreichen mich schreckliche Neuigkeiten. Seifert hatte vor wenigen Minuten einen schlimmen Unfall. Er starb noch auf der Strecke. Wieder ist ein sonniges Rennwochenende mit einem Todesfall überschattet. Der Rennverlauf wird angesichts dieses tragischen Ereignisses zur Nebensache. Clark ist inzwischen mit technischem Defekt ausgeschieden, Gurney dürfte der Sieg nicht mehr zu nehmen sein. Das Rennen wurde nicht unterbrochen, da sich die Unglücksstelle neben der Trasse befindet. Ein makabres Schauspiel, das die 400.000 hier geboten bekommen. Die Freude ist verflogen, auf den Tribünen im Start-Ziel-Bereich wird es nach der Lautsprecherdurchsage still, das Entsetzen über den Verlust der deutschen Nachwuchshoffnung Günter Seifert ist groß. Frauen und Männer liegen sich in den Armen und beweinen den Verlust. Die Familie der Rennsportfreunde wird zur Trauergemeinde.«

Mechaniker des Lotus-Rennstalles bargen nach dem Rennen den Unfallwagen und untersuchten ihn noch in der Boxengasse. Sie stellten Manipulationen am Lenkgestänge und an den Bremsen des Fahrzeugs fest. Daraufhin wurde die Kriminalpolizei aus Stuttgart informiert und Hauptkommissar Winterkorn von Staatsanwalt Dr. Pfleiderer mit den Ermittlungen betraut.

Noch am Abend nahm die Spurensicherung im Mahdental die Arbeit auf, Winterkorn ließ sich das Autowrack zeigen und befragte den Leiter des Lotus-Teams, Colin Chapman mithilfe eines Dolmetschers. »Wer hatte in den vergangenen Tagen Zutritt zu dem Fahrzeug?« Chapman antwortete knapp und klar: Nur die Mitarbeiter des Rennstalls hätten den Transport des Boliden an die Rennstrecke durchgeführt und nur sie hätten in den letzten Tagen die Einstellungen für das heutige Rennen vorgenommen. Der Teamchef nannte die Namen der Mechaniker und Ingenieure, die in der Folge ohne relevanten Erkenntnisgewinn befragt wurden.

Hauptkommissar Eugen Winterkorn hatte keinerlei persönliches Interesse am Rennsport. Er besaß als eingefleischter Straßenbahnfahrer weder ein Automobil noch eine Fahrlizenz. Obwohl es auch in seiner Familie einige Kraftfahrzeugmechaniker und Automobilbauer gab, die in Zuffenhausen, Untertürkheim und Sindelfingen ihrem Broterwerb nachgingen, so war es ihm immer noch unerklärlich, wie man sich an Geschwindigkeit, Motoren, Lärm und Gestank berauschen konnte. Der Wohlstand im Nachkriegsdeutschland führte zu einer beispiellosen Mobilmachung: massenhafter Individualverkehr verstopfte die Innenstädte, Stadtautobahnen zerschnitten gewachsene architektonische Strukturen und ›Verkehrsinseln‹ boten überlebenswilligen Fußgängern ein rettendes Ufer. Man konnte dem Hauptkommissar also eine leidenschaftslos objektive Ermittlungsarbeit nicht in Abrede stellen.

Günter Seiferts Leidenschaft für den Rennsport hatte schon in frühester Kindheit angefangen. Der Sohn eines Reutlinger Gastwirts spielte im Sandkasten mit Blechautos, half seinem Onkel Erwin in der Garage bei der Wartung seiner Kreidler Florett und kaufte sich 1955 im Alter von fünfzehn Jahren ein eigenes Mokick. Auf Vermittlung von Erwin Seifert begann Günter im gleichen Jahr bei den Daimler-Motorenwerken in Untertürkheim eine Lehre zum Kfz-Mechaniker und fuhr in seiner Freizeit mit aufgebohrten Mopeds Rennen. 1956 wurde er bei einem Freizeitrennen auf der Solitude-Strecke vom Leiter der Kreidler-Presseabteilung Bruno Moravetz entdeckt und zum Rennteam geholt. Für Kreidler fuhr Seifert fortan bei zahlreichen Motorradrennen Erfolge ein und fuhr ab 1958 auch Autorennen. Vom *Porsche*.Nachwuchs-team gelang ihm 1960 der Sprung ins Werksteam von *Lotus*: hinter den britischen Spitzenfahrern Clark und Taylor und seinem Landsmann Mitter war er 1962 die Nummer vier. Allerdings war sein *Lotus 18* das Vorjahresmodell und unter normalen Umständen chancenlos.

Im Team von Lotus herrschte seit längerem Unruhe. Zum einen wurde die Konkurrenz aus Deutschland immer stärker: Porsche hatte vor zwei Wochen in Frankreich mit einem Typ 804 zum ersten Mal ein Formel 1-Rennen gewonnen. Auch heute standen wieder zwei Porsche-Fahrer auf dem Podium. Neben BRM, Ferrari und Mercedes gab es nun also mit Gurney und Bonnier weitere Aspiranten auf den Titel.

Zum anderen gab es einen harten Konkurrenzkampf unter den Fahrern im Team. Unangefochtener Star bei Lotus war der Schotte Clark, der auch in dieser Saison wieder als Favorit auf den WM-Titel galt. Er fuhr das stärkste Auto im Feld, den neuen Lotus 25 und war heute nur aufgrund eines technischen Defekts in Führung liegend ausgefallen. Dahinter gab es aber unterschiedliche Auffassungen bei der Hackordnung. Der Brite Travor Taylor sah sich als die klare Nummer zwei, er fuhr den erfolgreichen Typ 24 aus der vergangenen Saison, der bei Rennen gute Siegchancen hatte. Bald würde er wie Clark einen 25er fahren und dem Schotten ordentlich einheizen. Aber auch der talentierte Deutsche Gerhard Mitter stand, im Gegensatz zum Engländer Taylor beim schottischen Teamchef Chapman hoch im Kurs. Mitter sollte nach Chapmans Meinung eigentlich den zweiten Lotus 25 neben Clark fahren, war aber nach einem schweren Trainingsunfall im März erst wieder auf dem langsamen Weg zurück zu alter Stärke und deshalb momentan mit dem schwächeren Auto, einem Typ 21 von 1960 unterwegs. Seifert war Chapmans Lieblingsschüler gewesen. In ihn hatte der Lotus-Chef alle Hoffnungen gesetzt und ihn systematisch zum Siegfahrer aufgebaut. Er hatte Seifert seit mehreren Jahren in der ›Formel junior‹ beobachtet und allen Abwerbungsversuchen anderer Teams einen Riegel vorgeschoben. Es war letztlich eine taktische Maßnahme gewesen, Seifert mit dem veralteten Typ 18 starten zu lassen. Der Wagen war ohne Siegchancen ins Rennen gegangen und Seifert hätte damit bis auf weiteres vor Bemühungen von Ferrari, Porsche und Mercedes sicher sein sollen. Taylor wusste um die eigentliche Stärke von Seifert und musste ihn von allen Fahrern bei Lotus am meisten fürchten.

Unruhe gab es aber auch in der technischen Abteilung des Rennstalls. Der erste Mechaniker Ian Mc Gregor war ein alter Weggefährte von Clark und ein begnadeter Tüftler, der es stets verstand aus einem Wagen das Optimum herauszuholen. So war Clarks Bolide meist der schnellste und der am besten auf die jeweilige Strecke abgestimmte Wagen im Feld. Mc Gregor war exklusiv für Clarks Renner zuständig, was von den anderen Fahrern neidvoll hingenommen wurde. Mc Gregor hasste die Deutschen seit der Bombardierung Londons. Er verlor bei diesem Angriff Hab und Gut und seine Frau. Später war er als alliierter Soldat bei der Landung in der Normandie beteiligt und kämpfte sich mit den britischen Verbänden ins Rheinland vor. Für die deutschen Fahrer im Team hatte er nur Verachtung übrig, ging an Mitter und Seifert meist kommentarlos vorbei und war von seinen Mechanikerkollegen schon dabei beobachtet worden, wie er die Motoren der beiden deutschen Fahrer auf Kosten der Leistungsfähigkeit manipuliert hatte. War ihm zuzutrauen, dass er Seiferts Wagen vor dem heutigen Rennen präpariert hatte? Dagegen sprach eigentlich die Loyalität Mc Gregors gegenüber seinem Chef und Landsmann Chapman. Der wiederum hielt große Stücke auf die beiden deutschen Talente und hatte Seifert als junge Nachwuchshoffnung aufgebaut. Der Motorenkonstrukteur des Lotus-Teams war Helmut Dörflinger, ein früherer Mitarbeiter im Büro von Ferdinand Porsche. Er hatte sich vor drei Jahren mit Porsche überworfen und war zu Lotus gegangen, wo man ihn mit offenen Armen empfangen hatte. Seitdem war Lotus in der Erfolgsspur und fuhr immer mit um den Titel und die Konstrukteurs-WM. Dörflinger hatte sicher kein Interesse daran, dass seine Landsleute im britischen Team Schaden nahmen. Bei Arthur Chapman, dem Sohn des Teamchefs, sah das freilich etwas anders aus: Chapman junior war als Mechaniker Teil des Teams. Er war wie der Vater ein Motorsportbesessener, ein Rennfetischist, Frauenheld und Benzinjunkie. Das Rennfahrer-Gen spürte er zwar in sich, von seinen fahrerischen Qualitäten war aber ausgerechnet der Vater nicht überzeugt. Er musste immer noch einen Tick besser, härter, schneller sein, um vor Chapman senior bestehen zu können. Er war wie Seifert 22 Jahre alt und musste mit ansehen, wie der eigene Vater diesem jungen Deutschen den Weg zum Ruhm ebnete. So war Seifert für Arthur Chapman im Rennwagen und in der Boxengasse ein gefürchteter Konkurrent, weil Günter bei den jungen Damen mindestens so viel Erfolg hatte, wie der junge Charmeur im Mechaniker-Outfit.

Am 21. Juli wurde bereits der ›Große Preis von England‹ in Aintree ausgefahren. Hauptkommissar Winterkorn musste also das im Aufbruch befindliche Lotus-Team am Montag zeitig befragen, um den Tatverdacht bei einzelnen Team-Mitgliedern zu eruieren.

Am Ende seiner Vernehmungen hatte er zwar Taylor und Chapman junior auf dem Zettel stehen, aber gegen keinen der beiden irgendwelche Beweise in der Hand. Deshalb würde er zu neuerlichen Befragungen in der laufenden Woche nach Großbritannien reisen müssen.

Winterkorn hielt sich deshalb an die Konkurrenz vor Ort: Er ließ sich nach Zuffenhausen kutschieren, um das Porsche-Werksteam genauer unter die Lupe zu nehmen. Colin Chapman hatte zwar beteuert, dass nur Lotus-Mitarbeiter Zutritt zu den Garagen gehabt hätten, aber was sprach eigentlich dagegen, dass nicht auch die Konkurrenz am Eindringen hinter feindliche Linien Interesse gehabt haben könnte. Porsche war spätestens mit dem Sieg vor zwei Wochen beim ›Großen Preis von Frankreich‹ in den Favoritenkreis um den WM-Titel aufgerückt und hatte in Ferry Porsche sicher den genialsten Konstrukteur in seinen Reihen. Teamchef der Rennabteilung war dessen Cousin Harry Piëch, den Winterkorn nun als ersten befragte.

»Sie haben ja gestern wirklich hervorragend abgeschnitten mit ihren Wagen, Herr Piëch.« schmeichelte der Kommissar zu Beginn ihrer Unterredung seinem Gegenüber.

»Danke, ja, das Ergebnis kann sich sehen lassen. Aber Sie sind sicher nicht gekommen, um mir die Glückwünsche der Stuttgarter Polizei zu übermitteln.« Piëch war ein Fuchs und ahnte den Grund der Visite.

»Klar erkannt, lieber Piëch. Sie müssen meine Neugier entschuldigen, aber nach dem gestrigen Unglück deutet einiges auf Mord hin. Seiferts Wagen war offenbar manipuliert und wir sind auf der Suche nach dem Täter. Können Sie sich vorstellen, wer so etwas getan haben könnte?« Winterkorn musterte den Rennleiter, der sich etwas zu nachdenklich gab.

»Also was da momentan bei Lotus los ist, vermag ich natürlich nicht zu sagen…«

»Natürlich nicht«, pflichtete Winterkorn dem verdutzten Sportchef bei.

»Aber von unserer Seite aus kann ich mich nur für jeden einzelnen meiner Mitarbeiter und Fahrer verbürgen. Wer hätte etwas davon, einen jungen Nachwuchsfahrer der Konkurrenz, der in einem unterlegenen Auto hinterherfährt, um einen Baum zu wickeln?«

Winterkorn zuckte stumm mit den Schultern, bevor er konterte.

»Das würde ich gerne von ihnen wissen. Sie sind der Insider, sie kennen die Regeln des Geschäfts, die legalen und die illegalen...«

»Ich muss doch bitten!«, entrüstete sich Piëch und wandte sich beleidigt zum Gehen.

»Nicht so schnell, verehrter Meister. Ich hätte mich gerne persönlich von der Lauterkeit ihrer Schützlinge überzeugt. Wo kann ich denn die gestern an der Strecke anwesenden Teammitglieder befragen?«

»Sicher doch, kein Problem, folgen Sie mir. Die Vorbereitungen für den ›Großen Preis von England‹ laufen bereits.« Piëch begleitete Winterkorn zur Halle der Rennsportabteilung und stellte dem Hauptkommissar die Mechaniker vor. Sie waren gerade dabei die Wagen nach dem gestrigen Rennen zu zerlegen, die Teile zu säubern, zu schmieren oder auszuwechseln. Winterkorn konnte sich einer gewissen Faszination für diese eigene Welt nicht erwehren und ertappte sich dabei, wie er versonnen über die in der Ecke stehende Motorhaube eines *Porsche 804* streichelte.

»Tolle Maschine!«, pflichtete ihm einer der Männer bei. Etwas verlegen zog Winterkorn seine Hand zurück, zückte seinen Notizblock und begann mit seiner Befragung. Es stellte sich heraus, dass einige Porschemitarbeiter Seifert sehr wohl kannten, die *Formel 1* war offenbar so etwas wie eine große Familie. Piëch gab auch zu, dass Porsche den jungen Fahrer gerne im eigenen Team gesehen hätte. Aber mit der guten Publicity eines aufstrebenden Sportwagenherstellers, der mithilfe eines erfolgreichen Engagements im Formelrennsport bei potentiellen Kunden punkten wollte, war es absolut unvereinbar, durch Manipulation, Korruption oder andere kriminelle Machenschaften nach oben kommen zu wollen. Persönliche Motive einzelner Mitarbeiter gegen Seifert waren nicht erkennbar, sodass Winterkorn von Zuffenhausen aus direkt ins Präsidium nach Stuttgart-Mitte zurückfuhr.

Von seinem Dienstzimmer aus telefonierte er mit einem leitenden Mitarbeiter der Mercedes-Rennsportabteilung, deren Formel 1-Team sich bereits auf dem Weg nach Aintree befand. Auch in Untertürkheim war man vor der laufenden Saison an Seifert interessiert gewesen, hatte aber gegenüber Lotus das Nachsehen gehabt. Der Stern der Silberpfeile war bereits im Sinken begriffen. Winterkorn bedankte sich und hängte ein.

Er schaute sich seine bisherigen Notizen durch und brachte seinen aus dem Urlaub zurückgekehrten Kollegen, Kriminalinspektor Klaus Wagner, der gerade zur Tür hereinkam, auf den aktuellen Stand der Ermittlungen.

»Grüß Dich Klaus, spektakuläre Sache: Gestern prallte ein junger Rennfahrer namens Günter Seifert während des Formel 1-Rennens auf der Solitude frontal auf einen Baum. Er war sofort tot. Die Mechaniker des Teams stellten anschließend Manipulationen am Fahrzeug fest. Die Lenkstangen waren angesägt worden, die Bremsleitungen angeritzt. Gegen Ende des Rennens brachen die Lenkstangen und Seifert flog im Mahdental ungebremst von der Piste. Chapman, der Leiter des Teams von Lotus, ist der Meinung, dass nur seine Leute Zugang zu dem Wagen gehabt hätten. Das Team steht aber offenbar gehörig unter Druck. Auch intern gibt es wohl Reibereien. Jedenfalls habe ich zwei Verdächtige bei Lotus ausmachen können: Arthur Chapman, den Sohn des Chefs, der selbst gerne am Steuer sitzen würde und Trevor Tayler, die Nummer zwei hinter Champion Jimmy Clark, der aber um seine Position fürchten muss. Für beide war Seifert unliebsame Konkurrenz.«

»Dafür, dass du dich nie für Motorsport interessiert hast, klingst du inzwischen fast wie ein Insider.« Wagner bekam dafür den eisigen Blick seines Vorgesetzten zugeworfen.

»Klaus, Sportsfreund, wir sollten uns noch um die Einheimischen kümmern. Das Lotus-Team hat im Hotel Glemseck übernachtet. Vielleicht hat da jemand etwas gesehen oder gehört, was uns weiterhelfen könnte.« Winterkorn deutete zur Tür seines Dienstzimmers hinaus und mimte einen Rennfahrer hinterm Steuer. Wagner fuhr den Dienstwagen vor und die beiden Kriminalbeamten fuhren über Heslach hoch zum Schattenring, weiter durchs Mahdental, an der Unglücksstelle vorbei zum Hotel Glemseck. Überall auf der Strecke wurden die provisorischen Tribünen wieder abgebaut, kehrte für die nächsten 360 Tage wieder beschauliche Ruhe ein im einstigen Jagdrevier der württembergischen Herzöge. Nur ein grauer Mercedes 190 der Stuttgarter Kripo war auf der Jagd nach einem unbekannten Mörder.

Eugen Scheytt betrieb das Hotel Glemseck in der zweiten Generation. Bereits sein Vater hatte die ersten Rennen auf der

Solitude nicht ganz uneigennützig unterstützt. Tribünen direkt vor dem Hotel, Versorgungsstationen entlang der Strecke – die halbe Rennstrecke und weit mehr als die Hälfte der Zuschauer wurden von Scheytts Leuten bewirtet und mit Würstchen, Bier und Cola versorgt. Das Haus beherbergte traditionell Rennfahrer und Teams aus der ganzen Welt. Hier war auch bis heute früh das *Lotus*-Team untergebracht gewesen. Die Lage in Sichtweite zum Zeitnehmerturm und in unmittelbarer Nähe zur Boxengasse war optimal. Die Garagen an der Start-Zielgeraden gehörten sogar zum Hotel und wurden für die Zeit der Rennen vermietet.

»Haben Sie während der Rennen Zutritt zu ihren Garagen, Herr Scheytt?« Winterkorn klappte seinen Notizblock wieder auf.

»Ha nadierlich nett! Die machet doch aus ellam a gottsallmächtige Geheimniskrämerei. Då derf neamerz na.«

»Aber Sie haben Schlüssel zu den Boxen?« Wagner hakte nach und Scheytt überlegte nun einen Moment, bevor er zu alter Entschlossenheit zurückfand.

»Ha nadierlich scho! I han mehrere Schlissl, aber die han e bei m'r, då kommt suschd neamerz na.«

Wagner war gebürtiger Stuttgarter und mit dem Schwäbischen bestens vertraut, sein Kollege Winterkorn hingegen hatte als Rheinländer über zwanzig Jahre gebraucht, um sich bis in die Nuancen schwäbischer Bedeutsamkeit vorzuarbeiten. Dennoch war ihm die Botschaft zwischen den Zeilen, dass man solche Frage eigentlich gar nicht zu stellen bräuchte, nicht ganz geheuer.

»Nehmen wir einmal an, ihre Schlüssel hätten doch einen Abnehmer gefunden. Wer käme ihrer Meinung nach dafür infrage?« Scheytt hob die Schultern und breitete die Arme aus, bevor er beides fallen ließ und seine Hände geräuschvoll auf seine Schenkel klatschten.

»Koi Ahnung. Då ben i wirklich ieberfrågt. Fråget se doch amål da Baldinger.«

Herbert Baldinger war der junge Koch des Hotels und, wie die Befragung in der Hotelküche ergab, Schulfreund des tödlich verunglückten Günter Seifert. ›Wie klein die Welt doch ist!‹, dachte sich Winterkorn und begann sich für den jungen Mann zu interessieren. Baldinger stammte aus Reutlingen, hatte nach dem Hauptschulabschluss Koch gelernt und war auf Umwegen vor zwei Jahren im Hotel Glemseck gelandet. Er interessierte sich sehr für Motorsport und war auch deshalb hierher gekommen. Baldinger zeigte sich vom Tod seines Freundes sichtlich betroffen.

»Unfassbar, d'r Günter war so an feiner Mensch, der håd doch neamerz ebbas do.« Der junge Mann kämpfte mit den Tränen. »Und nå ischer hee, vo oim auf da andere Moment.«

Die beiden Beamten sahen sich verständnisvoll an.

»Schon gut, Baldinger, schon gut. Haben Sie eine Idee, wer Günter Seifert einen Denkzettel verpasst haben könnte?«

»Denkzettel isch gut, des war doch eiskalder Mord!« Baldingers Gesicht verzog sich zu einer angewiderten Fratze. Hier war für die Ermittler nichts mehr zu holen. Sie wollten gerade zurück zu Scheytts Büro, als eine bildhübsche junge Frau in die Hotelküche kam.

»Helene Lockwicz. I be Herberts Freundin.« Ihr Augenaufschlag ließ daran keinen Zweifel.

»Herbi håt m'r viel vom Günter verzählt. A furchtbare Gschichd!« Helene Lockwicz liefen Tränen über die Wangen, ihre Lippen bebten.

»Vorgerschd hemmer no zammaghockt, hier em Hotel, d'r Günter hat viel vo de alte Zeita in Reutlenga verzählt. Der war voll gut druff und håd viel g'lacht.« Winterkorn war der verlorene Blick von Baldinger nicht entgangen, als seine Freundin anfing von ihrer Begegnung mit dem späteren Mordopfer zu erzählen.

»Wo waren Sie vorgestern, Herr Baldinger, als ihre Freundin sich mit ihrem Freund unterhalten hat?« Der Koch justierte seine Gesichtszüge, die Verlorenheit wich einer gewissen Feindseligkeit.

»In d'r Kiche, wo sonschd?«

»Nun, auch die beste Küche hat irgendwann Feierabend.« Wagner gab sich betont freundlich, konnte aber die entstandene Distanz nicht mehr überbrücken. Baldinger widmete sich ohne weiteren Kommentar seinem Kochbesteck, die Beamten sprachen also nur noch mit Helene Lockwicz.

»Hat ihr Freund Grund zur Eifersucht?« In Winterkorns Blick lag lauernde Erwartung, der durch Betörung erwidert wurde.

»Horched Se! I be jetzad seit faschd zwoi Jåhr middem Herbi zamma. Mir sen beide glücklich und d'r Günter isch – war an alder Kumbel vo meim Freund. Un dazu na war er an interessandr Mensch mit am aufregenda Beruf. Warum hätt i also bitte nett mit dem Kerle inemma Gaschdraum schwätza solla – zamma mit fuffzig andre Leit?«

Helene Lockwicz' Fassade hatte trotz der Tränen keine erkennbaren Risse bekommen, ihre Trauer schien genauso echt wie ihre Entrüstung über die schmutzige Fantasie des Hauptkommissars.

»Was meinst Du, Eugen, wer spricht da wahr?« Kriminalinspektor Klaus Wagner fuhr den 190er zurück ins Präsidium. Winterkorn ging auf dem Beifahrersitz seine Aufschriebe durch und fasste den aktuellen Stand zusammen.

»Keine Ahnung. Wir haben sportliche Konkurrenten im Rennstall des Opfers, wir haben Freunde und Bekannte aus alten und neuen Zeiten vor Ort, wir haben mehrere plausible Motive und nachweisliche Manipulationen an einem Rennwagen, der zur Mordwaffe umfunktioniert worden ist.«

Es hatten sich inzwischen mehrere Augenzeugen bei der Stuttgarter Polizei gemeldet, die den gestrigen Unfall während des Rennens aus unmittelbarer Nähe verfolgt hatten. Alle bezeugten übereinstimmend, dass Günter Seifert ungebremst von der Straße abgekommen und an einen Baum geprallt war. Einige wollten beobachtet haben, wie der Fahrer am Lenkrad gedreht hatte, ohne dass die Räder auf diese Bewegungen reagiert hatten. Das war offenbar ein Indiz für die kurz zuvor gebrochenen Lenkstangen. Der Ort und der genaue Zeitpunkt des Unfalls waren wohl nicht vorherbestimmt worden, aber der Mordversuch an sich war offenbar präzise vorbereitet und erfolgreich abgeschlossen worden.

»Stuttgart. Wie aus Polizeikreisen verlautet, wird im Fall des gestern tödlich verunglückten Rennfahrers Günter Seifert Anklage wegen Mordes erhoben. Der Formel 1-Pilot war im gestrigen Rennen auf der Solitude-Rennstrecke frontal an einen Baum geprallt und noch am Unfallort seinen Verletzungen erlegen. Erste Untersuchungen ergaben Manipulationen am Fahrzeug, die Kriminalpolizei ermittelt. Sachdienliche Hinweise nimmt jede Polizeidienststelle entgegen.« Der Radiosprecher verlas die Meldung betont nüchtern, obwohl ihm, dem Sportreporter Günter Freund, der Schrecken von der gestrigen Live-Berichterstattung noch in den Gliedern steckte. Über den Rundfunk sollte nun Druck auf den oder die Täter aufgebaut werden. Auch die Presse sollte diese Version der Ermittlungen verbreiten, weshalb eine Meldung der DPA inzwischen die Runde machte. Weitere Augenzeugen vom Vorabend aus der Nähe der Boxengasse konnten vielleicht wertvolle Tipps geben.

Der aktuelle Stand der Autopsie der Leiche in der Stuttgarter Gerichtsmedizin ergab bereits, dass ein körperliches Gebrechen als Unfallursache mit hoher Wahrscheinlichkeit auszuschließen war. Das Schädelhirntrauma, der Genickbruch, die zahlreichen Knochenbrüche und die zerquetschten Organe des Opfers waren auf äußere Gewalteinwirkung zurückzuführen.

Helene Lockwicz war als Kind Schlesischer Flüchtlinge in Eltingen aufgewachsen und arbeitete seit ein paar Monaten als Bürokraft bei der Leonberger Bausparkasse. Die Attraktivität der jungen, gut gebauten Blondine war auch ihrem Arbeitgeber nicht entgangen und deshalb bot man ihr ein Zubrot im Rahmen des Rennwochenendes auf der Solitude an. Im entsprechenden Outfit sollte sie in der Boxengasse das Leonberger Vorzeigeunternehmen branchenüblich vertreten: im kurzen Grellen, mit Schriftzug auf der Brust, werbewirksam in die bereitstehenden Kameras lächeln – als Helene, das schwäbischste aller Boxenluder. Sie musste nicht lange überlegen. Rennsport hatte etwas Anziehendes, außerdem lag die Rennstrecke auf dem Weg zum Hotel Glemseck, wo ihr Freund Herbert Baldinger in der Küche arbeitete. So konnte sie am Wochenende beim Training der Motorräder und Rennwagen zusehen, mit attraktiven Männern anbandeln, ihren Freund besuchen und obendrein noch ein hübsches Sümmchen dazu verdienen – Schönsein gibt Schönschein!

So war Helene Lockwicz in offizieller Mission bereits am Freitag, dem 13. Juli 1962 vormittags zum ersten Mal an der Strecke und bewunderte das Ambiente, den Hauch von großer, weiter Welt, der sie, die schöne Helene anwehte. Sie drehte sich glücklich um sich selbst, strahlte jeden Overall und jede Sonnenbrille an und musterte die weibliche Konkurrenz. Dutzende junger Schönheiten umschwärmten die Rennfahrer in quietschbunten Röckchen und Blusen, die für die 60er entschieden zu wenig von dem verdeckten, was der Anstand der Zeit geboten hätte. Ihr Blick fiel eher zufällig auf eine Szene, die ihren sportlichen Ehrgeiz anstacheln sollte. Ein junger, ausnehmend hübscher Mann, offenbar ein Nachwuchsfahrer eines britischen Rennstalls – der Union Jack war auf Jacken und Wagen allgegenwärtig – flirtete mit einer flotten, adretten Brünetten. Ein älterer Mann sah den Flirt und zog die junge Frau unsanft auf die Seite um ihr – nicht ganz britischer Gentleman – gehörig die Leviten zu lesen. Der junge Fahrer trottete verlegen zu seinem Wagen zurück und machte sich mit seinem Mechaniker wieder an die Arbeit.

Helene Lockwicz zupfte sich ihre Bluse zurecht, überprüfte die Unübersehbarkeit ihres allzu tiefen Ausschnitts und wackelte zielstrebig in Richtung des britischen Boliden.

»Hi Darling.« Die schlesisch-schwäbische Bürokraft hatte im Kino bei den Elvis-Filmen mit deutschen Untertiteln gut zugehört und meinte nun bei einem waschechten Briten mit ihrem Akzent punkten zu können.

»Servus Kloine.« Doch nicht so britisch, wie Frau hätte denken können.

»Hallo, also…« Selten war Helene Lockwicz so sprachlos gewesen, wie in diesem Moment. Das Sweetheart war ja ein echter Schwabe! Und schon war dieser Moment vorüber.

»Wer war en des Mädle, des von dem Alda so wiaschd ågfasst worda isch?«

»Wer willan des wissa?« Helene lief rot an. Vor lauter Neugier hatte sie die Anmache mit ihrem wohlklingenden Namen völlig vergessen.

»Helene« Sie betonte dabei landesüblich die erste Silbe.

»I ben d'r Günter«, wobei die Aussprache des jungen Mannes das ›ü‹ eher als ein ›i‹ anklingen ließ – Landsleute unter sich, die sich offenbar auf Anhieb verstanden.

»Des war mein Chef und sei Jonge. Die Tracy isch scharf uff mi, des nervt echt, kå d'r saga. D'r Colin will des ums Verrecka nett, dass sei Tochter sich mitemma Rennfahrer eilässt. Dabei isch m'r die wurschd.« Helenes Augenbrauen zogen sich misstrauisch zusammen.

»Verzähl m'r doch nix. I han doch gsea, wie d'se åglacht und ågfasst håsch.« Ihr Zwinkern war entwaffnend und Günter Seifert gab klein bei. Bausparkassenschönheit und Lotus-Rennfahrer verabredeten sich für den Abend auf ein Gläschen Schampus im Glemseck. Helenes Auftraggeber konnten zufrieden sein, denn das Lotus-Team stand im Fokus der Aufmerksamkeit: Mehrere Kameras waren auf die Box des britischen Erfolgsteams gerichtet, Fotografen knipsten den Flirt und Helene war der Blickfang des Aufmachers im Lokalteil der *Leonberger Kreiszeitung*, die täglich ausführlich von dem Sportgroßereignis vor den Toren Stuttgarts berichtete. Die Lokalredaktion wurde prompt von prüden Zeitgenossen am Samstagvormittag ob des anzüglichen Fotos von Helene, dem Boxenluder, am Telefon beschimpft. Der Aufmerksamkeit für den Bausparkassenschriftzug unterhalb des Lockwiczschen Ausschnitts tat das bei den Lesern freilich keinen Abbruch – ›auf diese Steine können sie bauen‹…

»Herbert Baldinger am Apparat.« Eugen Winterkorn sah sichtlich überrascht zum Schreibtisch seines Kollegen Wagner hinüber.

»Herr Baldinger, was verschafft mir die Ehre?« Winterkorn suchte nach Papier und Bleistift und winkte seinen Kollegen heran, der sich den Zweithörer ans Ohr hielt.

»I mecht a Aussage macha. Und zwar folgendes: Sie hen doch wissa wella, ob ebber nächtens in de Garascha gwea isch. Also i han ebber gsea.« Wagner blies die Backen auf.

»Der håd an Anzug åghet, wisst se, so oin wie d'Rennfahrer welche traged. Auf dem isch so a englische Flagge uffgnähd gwea. Es war dunkel, aber heid hann e en d'r Zeitung a Foto von dem Tayler vo Lotus gsea und i ben m'r sicher, der war's.«

Winterkorn nickte in den Hörer und wies Baldinger auf die Schwere seines Vorwurfs hin, den er eidesstattlich zu bezeugen hätte. Der Hauptkommissar vereinbarte mit dem jungen Koch einen Termin auf dem Präsidium, bei dem Baldinger seine Aussage zu Protokoll geben konnte.

Trevor Tayler befand sich am Dienstagvormittag bereits im freien Training auf der Rennstrecke von Aintree, als die Kollegen der britischen Kriminalpolizei veranlassten, ihn in die Boxengasse zu winken. Er brach seine Fahrt mit dem neuen *Lotus 25* nur ungern ab, folgte aber den Anweisungen der Streckenposten und hielt vor der Garage seines Teams. Man brachte Tyler unverzüglich zum Verhör, wo er mehrfach seine Unschuld beteuerte. Man konfrontierte ihn mit Baldingers Äußerungen und plötzlich hellte sich die Mine des Rennfahrers auf. Er hätte am Sonntagmorgen im Hotel seinen Rennanzug vermisst. Er könnte es nicht beschwören, aber vielleicht hatte Arthur Chapman ihn sich ›ausgeliehen‹. Die britischen Ermittler waren sich nicht sicher, ob ein potentieller Täter nur von sich ablenken wollte.

Tatsächlich gab Chapman junior am Dienstagnachmittag im Policedepartement von Aintree zu, Taylers Anzug am Morgen vor dem Rennen in Deutschland aus dessen Zimmer entwendet zu haben. Er fühlte sich in dem Anzug seinem Traum ein Stückchen näher, eines Tages selbst hinter dem Steuer eines Formel 1-Rennwagens zu sitzen. Dann würde er es allen zeigen, allen voran seinem Vater. Arthur war offenbar ein Träumer, der sich ungefragt Kleidung ausborgte. Aber war er imstande, einen Nachwuchsfahrer des eigenen Teams eiskalt abfliegen zu lassen? Auch Wagner kamen Zweifel, als er abends von den britischen Kollegen die Ergebnisse der Verhöre von Aintree übermittelt bekam. Hatte Baldinger tatsächlich Chapman junior nachts an den Garagen des Lotus-Teams beobachtet? Oder hatte sich Tayler bei Arthur Chapman nur ein Alibi verschafft? Der Inspektor hatte sich noch einmal mit Helene Lockwicz verabredet. Er war sich sicher, dass die junge Frau mehr wusste, als sie bisher ausgesagt hatte.

Der ›Eltinger Hof‹ war die erste Adresse im Ort. Die Alteingesessenen trafen sich hier am Stammtisch und zogen über die Leonberger her. Es war eine über viele Generationen hinweg gepflegte Feindschaft zwischen den Bewohnern des Amtsstädtchens, die sich angeblich für etwas Besseres hielten und den Eltinger Bauern. Die Eingemeindung Eltingens war bis heute nicht verschmerzt, ansonsten gab man sich heiter, politisierte, tratschte, tauschte wichtige Neuigkeiten aus und… verstummte, als Helene Lockwicz die Tür zur Gaststube öffnete. Den Herrn, der sie begleitete, hatte man hier noch nie gesehen. Man grüßte knapp und blickte dem Pärchen neugierig nach, wie es sich an einem der hinteren Tische niederließ.

»Frau Lockwicz, es tut mir leid, dass ich Sie noch einmal behelligen muss. Aber es haben sich neue Verdachtsmomente im Fall Seifert eröffnet.«

»Scho recht, Herr Inschbegdor.« Wagners Blick glitt unwillkürlich vom Lächeln seiner Tischnachbarin hinab in deren Ausschnitt, der sich ihm durch ihr tiefes Einatmen gerade besonders prall entgegenwölbte. Man war eben auch nur ein Mann – Wagner riss sich im nächsten Moment wieder dienstlich zusammen und fuhr mit der Befragung fort.

»Frau Lockwicz, sie gaben gestern an, dass sie sich mit Günter Seifert im Hotel Glemseck unterhalten haben. Ihr Freund, Herbert Baldinger war bei diesem Gespräch nicht dabei. Auf meine Frage, ob Baldinger Grund zur Eifersucht gehabt habe, entgegneten sie mit einer Gegenfrage. Inzwischen hängt von ihrer Aussage eine ganze Menge ab. Deshalb möchte ich die Frage noch einmal wiederholen: Hatte Herbert Baldinger am Samstagabend Grund zur Eifersucht?« Konnte es sein, dass eine vierundzwanzigjährige Büroangestellte derart abgebrüht war? Oder sagte sie schlicht die Wahrheit?

»Noi, Herr Inschbegdor, håd er net ghed. Da war nix, aber au gar nix. Ihr Fantasie mecht i han. D'r Herbert isch wahnsinnig schnell eifersüchtig. Då braucht's ellamål net viel und der flippt völlig aus.« Jetzt hatte Wagner die junge Blondine da, wo er sie haben wollte.

»Ob sie mit Rennfahrer Seifert ins Bett gestiegen sind oder nicht, interessiert mich wirklich nur am Rande. Viel wichtiger ist ihre Antwort auf folgende Frage: Trauen Sie Herbert Baldinger einen Mordanschlag aus Eifersucht zu?« Dem Inspektor konnten die roten Flecken im Dekolleté von Helene Lockwicz gar nicht entgehen.

»Moinet Sie im Ernschd, dass d'r Herbi so ebbas do kennt?« Darauf war die dralle Schönheit offenbar nicht vorbereitet gewesen. Offenbar prüfte sie erst in diesem Moment für sich die Wahrscheinlichkeit. Dann rollten Tränen über ihre Wangen, die erotische Fassade war dahin, blankes Entsetzen lag nun in ihrem Blick.

»Manchmål isch d'r Herbert zu ellam fähig.« Wagner bat Helene Lockwicz, ihn ins Mahdental zum Hotel Glemseck zu begleiten.

Ganz Gentleman hielt der Kriminalinspektor die Wagentüre des 190ers für seine verängstigte Begleitung auf. Egon Scheytt kam ihnen am Empfang entgegen und teilte Wagner mit, dass Herbert Baldinger heute seinen freien Tage hätte.

»Helene, des woisch doch!« Offenbar hatte sie das angesichts der entsetzlichen Mutmaßungen völlig verdrängt.

»Kann ich Sie mal unter vier Augen sprechen?« Scheytt nickte und bat den Inspektor mit einer einladenden Geste in sein Büro. Helene Lockwicz ging unterdessen zur Bar.

»Herr Scheytt, es besteht gegen Herbert Baldinger dringender Tatverdacht. Seine Freundin kann nicht ausschließen, dass er im Affekt aus Eifersucht zu einem solchen Mordanschlag in der Lage ist. Sie kennen Herbert sehr gut. Wie schätzen Sie das ein?«

Scheytt lehnte sich in seinem schweren Bürosessel zurück, verschränkte die Arme hinter dem Kopf, schloss seine Augen und schwieg.

»Wisst se, Herr Inschbegdor, die Helene håd a lebreiche Fantasie. Glaubed se m'rs, des isch völlig ausgschlossa. D'r Herbert kå koiner Fliege ebbas ado. Dem Luder då draußa derfet se nix glauba, aber au scho gar nix!« Bevor sich der Chef des Glemsecks vollends in Rage hätte reden können, bedankte sich Wagner für die klaren Worte und verließ das Büro in Richtung Hotelbar.

»D'r Scheytt ka me net leida. Der håd me oimål bled ågmachd, der alde Daggl. I han en selbichs Mål abblitza lassa und seitdem goschd der mi bloß no a.« Helene Lockwicz hatte bereits ihren dritten Klaren intus.

»Kommen Sie, ich bringe Sie nach Hause.« Auf der Fahrt zurück nach Eltingen bekam Wagner keine Antwort mehr auf die Frage, warum Lockwicz am freien Tag ihres Freundes nicht mit Baldinger zusammen war.

»Dangeneschee, Herr Insch… Inschbegdor – guts Nächdle.« Das angetrunkene Ex-Boxenluder wankte zu seiner Wohnung. Als es endlich die Tür hinter sich zuschlug, machte sich Wagner auf den Rückweg nach Stuttgart. Was sollte er von den Aussagen halten? Wem sollte er glauben und warum?

»Eugen, ich weiß nicht, was ich von der ganzen Sache halten soll. Baldinger verdächtigt Rennfahrer Tayler, der wiederum Arthur Chapman belastet. Baldingers Freundin Helene Lockwicz traut Baldinger die Tat zu, Baldingers Chef ihm hingegen keineswegs. Hat Scheytt selbst etwas mit dem Mordanschlag zu tun? Er hat die Schlüssel zu sämtlichen Garagen, und er reagiert mitunter emotional. Aber was hätte er für ein Motiv? Baldinger ist eifersüchtig auf Seifert, weil der mit Helene Lockwicz anbandelt. Ist Scheytt eifersüchtig auf Baldinger, weil der mit Helene befreundet ist? Warum sollte er dann aber ausgerechnet Rennfahrer Seifert um die Ecke bringen?« Kriminalhauptkommissar Winterkorn saß am späten Mittwochvormittag hinter seinem Schreibtisch und nippte an einem viel zu heißen und dafür zu dünnen Kaffee.

»Wenigstens bekommt man davon kein Herzrasen. Nun, Kollege Wagner, wer spricht wahr? Oder müssen wir noch einmal neu denken?« Winterkorn wurde den Verdacht nicht los, an den falschen Enden zu suchen. Konnte man zum Beispiel die Mitglieder der anderen Rennställe wirklich völlig ausschließen? Vielleicht kämpften die Konkurrenten untereinander mit ganz harten Bandagen. Und was war mit dem schottischen Lotus-Mechaniker, dem Deutschen-Hasser Mc Gregor?

»Herbert Baldinger am Apparat.«

»Herr Baldinger, Winterkorn am Apparat, was haben Sie uns heute mitzuteilen?«

Der Kommissar sah zum Schreibtisch seines Kollegen hinüber, suchte nach Papier und Bleistift und Wagner hielt sich kurz darauf den Zweithörer ans Ohr.

»I mecht mei Aussage ergänza. Es gohd um d'Helene. Mir håd se am Samschdichåbeds gsagd, dasze Kopfwai häb un hoim mechd. Aber als e aus d'r Kicha komma be, an sellem Åbed, hanne gsea, wia se midem Günter nuffganga isch in sei Zimmer. Nå ben i nåchgschlicha ond han ghorchd an d'r Tür…« Baldingers Stimme versagte.

»Lieber Herr Baldinger, warum erzählen Sie uns das?« Winterkorn holte zum entscheidenden Schlag aus.

»Kann es sein, dass Sie uns damit ein Geständnis unterbreiten? Sie haben ihre Freundin Helene Lockwicz zusammen mit dem eigenen Jugendfreund und Rennfahrer Günter Seifert am vergangenen Samstagabend in flagranti horchend an der Tür erwischt und waren außer sich. Statt die beiden zur Rede zu stellen, suchten sie in Raserei nach dem Schlüssel zur Garage. Sie wussten, in welcher Box der Wagen von Seifert stand. Nicht Tayler oder Chapman, sondern Sie selbst haben sich an den Lenkstangen zu schaffen gemacht. Sie kennen sich mit Autos gut aus, schließlich haben sie früher zusammen mit Günter Mofas frisiert, nicht wahr? Sicherheitshalber haben Sie dann auch noch die Bremsleitungen angeritzt. Blindwütige Eifersucht machte Sie zum Mörder, Baldinger, stimmt's?« Baldinger schluchzte ins Telefon, Winterkorn vernahm deutlich Scheytts Stimme, der den jungen Koch in den Arm nahm und den Hörer auflegte.

Die beiden Kriminalbeamten machten sich noch einmal auf den Weg zum Hotel Glemseck. Wagner fuhr durch die Kurven im Mahdental und fühlte sich am Steuer des Mercedes ein bisschen wie im richtigen Rennen, auf der Jagd nach der Trophäe…

»Guten Tag, Herr Scheytt. Wo ist denn der Unglückliche?« Winterkorn ging auf Scheytts Wink hin zur Hotelküche.

»Eine Frage hätte ich noch an Sie, Herr Scheytt.« Wagner drängte den Hotelier in dessen Büro.

»Warum haben Sie Baldinger gedeckt? Sie wussten doch, dass er nachts am Schlüsselbrett war und zur Boxengasse stürmte. Sie haben es doch mit eigenen Augen gesehen, nicht wahr? Ein Koch von Baldingers Format ist doch bei einem Haus wie ihrem leicht zu ersetzen. Außerdem wären Sie den lästigen Konkurrenten losgewesen. Sie haben doch ein Auge auf Baldingers

Freundin Lockwicz geworfen, nicht wahr, Herr Scheytt?« Der Hotelier ließ seine Deckung sinken und setzte sich auf die Kante seines Schreibtisches.

»Herr Inschbegdor, d'r Herbert håd me in d'r Hand ghed. A Dommheit, was will m'r macha? Jedafalls håd'r me erpressd, der Lomb. Meine Bilanza waret ned emmer ganz in Ordnung, verschdandet se?« Baldinger war Scheytt vor einiger Zeit auf die Schliche gekommen, wie der systematisch Steuern hinterzog, indem er Einnahmen nicht ordentlich verbuchte, sondern in ein Schwarzbuch eintrug. Dieses illegale Dokument fiel Baldinger zufällig in die Hände. Somit hatte er seinen Chef in der Hand, erpresste ein unverhältnismäßig hohes Gehalt und brachte den Augenzeugen Scheytt zu seiner Falschaussage.

»Wir nehmen die beiden Herren mit aufs Präsidium.« Wagner ließ Scheytt, Winterkorn und Baldinger den Vortritt.

»Stuttgart – im Fall des tödlich verunglückten Formel 1-Fahrers Günter Seifert ist heute ein 22jähriger Mann aus Reutlingen unter dringendem Tatverdacht verhaftet worden. Er soll Lenkung und Bremsen des Unglücksfahrzeugs manipuliert haben. Seifert war am Sonntag während des Rennens auf der Solitude von der Fahrbahn abgekommen und frontal auf einen Baum geprallt. Der Deutsche war noch am Unfallort seinen Verletzungen erlegen.

Leonberg – die Leonberger Bausparkasse wird neuer Hauptsponsor der Solitude-Rennstrecke. Wie das Unternehmen bei seiner Bilanzpressekonferenz mitteilte, soll entlang der Strecke künftig Bandenwerbung zum Einsatz kommen.

Und nun die Wettervorhersage für morgen, Donnerstag, den 19. Juli.«

Wo der Hund begraben liegt

Dackel als Totengräber – Leonberg (LKZ – HaTri) – In der Nacht zum Montag machte Dackeldame Rosi im Pomeranzengarten einen grausigen Fund. Die Ausreißerin buddelte solange, bis der Kadaver eines Leonberger Hundes zum Vorschein kam. In einem Laubsack war der Kopf vom Rumpf getrennt in einer Rabatte des Gartens verscharrt worden. Wachtmeister G. von der Leonberger Polizeidienststelle hörte bei seiner nächtlichen Patrouille das aufgeregte Gewinsel der Totengräberin. Polizei und Stadtbauamt stehen vor einem makabren Rätsel, denn bei dem geköpften Vierbeiner fand sich keine Hundemarke.

Drei Beschäftigte der Stadtgärtnerei saßen auf einer Bank im Pomeranzengarten, vesperten ihre Wurstwecken und genehmigten sich Kaffee aus der Thermoskanne. Friedhelm Stöckle las gerade den Lokalteil der *Leonberger Kreiszeitung*: »Jetzt leck'sch me am Arsch! Karle lies amole!« Karl Benninger riss seinem Kollegen das Blatt aus der Hand und las die Nachricht des schockierenden Ereignisses, das sich hier in der Nacht zum Montag wenige Meter von ihrer Bank entfernt zugetragen hatte. »Ha so ebbes! Des glaubsch doch edda, was so Perverse ellas fertig brengat.« Heftiges Kopfschütteln ließ an der Entschiedenheit seiner Feststellung nicht den Hauch eines Zweifels. Benninger reichte die Zeitung schließlich seinem Kollegen Mustafa Gökcen weiter, nicht ohne diesen vorab über die Essenz der Ungeheuerlichkeit in Kenntnis zu setzen: »Hen Hund kaputt g'macht – isch gelegen hier im Garten – woisch, der isch verbuddelt worda – do hannen em Pomeranzagarda.« Kollege Gökcen runzelte die Stirn und warf selbst einen Blick auf den Lokalteil. Er war gestern bei der Exhumierung des Kadavers dabei gewesen, hatte anschließend alles wieder sorgfältig eingepflanzt und die Wege penibel gesäubert. Nichts deutete jetzt mehr auf die Leichenshow hin, die das Kulturdenkmal in die tierkriminellen Schlagzeilen gebracht hatte. »Ich weiß, ich war doch gestern beim Ausgraben dabei. Wer macht so etwas?«, fragte der Mitarbeiter mit anatolischem Migrationshintergrund seine beiden Kollegen in einwandfreiem Deutsch. Allgemeines Schulterzucken unter den Stadtgärtnern, die kurz darauf ihre Pause beendeten und sich wieder der Pflanzenpflege widmeten.

Cosima Häberle war Hundebesitzerin mit Leib und Seele. Vor vier Jahren hatte sie sich beim Deutschen Club für Leonberger Hunde e.V. am Tiefenbachsee einen Welpen ausgesucht und mit ihm die harte Ausbildung durchlaufen. Sie liebte ihren Charly über alles, der ihr aufs Wort gehorchte. Der stattliche Rüde durfte vielleicht auch deshalb mit der attraktiven Mittdreißigerin das Bett teilen, bekam von ihr regelmäßige

Streicheleinheiten und war mehr als ein Ersatz für den Mann, den es in Cosima Häberles Leben momentan nicht gab. Mensch und Tier waren hier in jener sprichwörtlichen Symbiose vereint, wie sich Hundenarren den Himmel auf Erden vorzustellen pflegen. Der resoluten Geschäftsfrau waren unzuverlässige und renitente Partner in Beruf wie im Privaten gleichermaßen verhasst. Disziplin und Loyalität waren ihre Steckenpferde. Das Vereinsleben auf dem Hundeplatz war eine Art Familienersatz für die dralle Blondine, die ihre knapp bemessene Freizeit mit Vorliebe hier verbrachte. So trug sie auch den blauen Bauernkittel als Tracht der Leonberger Hundezüchter aus Stolz und Überzeugung. An jedem zweiten Dienstag im Februar hatte die Leonberger Hundestaffel im Reiterstadion der Kreisstadt im Rahmen des Leonberger Pferdemarktes ihren großen Auftritt. Übungen mit unterschiedlichem Schwierigkeitsgrad wurden dem hunde- und pferdebegeisterten Publikum vorgeführt. Zum krönenden Abschluss lief die Staffel beim großen Umzug als eine der Hauptattraktionen mit. Und mittendrin befand sich Cosima mit Charly. So auch an diesem eiskalten Februarnachmittag, als er sie zum ersten Mal sah und sich auf Anhieb in die Anmut von Charlys Frauchen verliebte.

Friedhelm Stöckle war ein Leonberger Urgewächs. Seine Familie gehörte zu den alt eingesessenen, die Verwandtschaft war reich verzweigt und verwurzelt in pietistischer Bürgerlichkeit. Das ›Schaffen‹ war Gott befohlen und das Arbeitsethos ließ für Müßiggang zumindest offiziell keinen Raum. So bekam der kleine Friedhelm, nach mühsam bestandenem Hauptschulabschluss, über die guten Beziehungen seines Vaters zur Gärtnerei Peterling eine Lehrstelle angeboten. Der Sohn besaß nicht gerade das, was man einen ›grünen Daumen‹ nennt. Vor allem das Veredeln von Obstbäumen bereitete ihm Mühe und allzu oft meinte er es mit dem Wässern bei anspruchslosen Gewächsen zu gut. Der Fleiß war ihm tatsächlich nicht in die Wiege gelegt worden. Die Gesellenprüfung bestand Stöckle junior erst beim zweiten Mal, sodass Meister Peterling kein allzu großes Interesse an einer Übernahme seines Auszubildenden hatte. Über Verbindungen zur Stadtgärtnerei brachte Stöckle senior seinen Sohn dort unter. Finanziell konnte Friedhelm Stöckle keine großen Sprünge machen, aber er hatte sein Auskommen und einen krisensicheren Arbeitsplatz, der ihn nicht überforderte.

Mit den Frauen in Stöckles Leben war das so eine Sache: die interessanten wollten nichts von ihm wissen, die interessierten ließ er abblitzen. Den Rest erledigte seine dominante Mutter, die aufkommende Liebschaften durch ihren spröden Charme im Keim erstickte und die weibliche Konkurrenz in die Flucht schlug. So war er mit Anfang vierzig zwar in eine Dreizimmerwohnung gezogen, aber immer noch ledig, und eigentlich ging es ihm recht gut damit. Regelmäßig besuchte er den Stammtisch im ›Schwarzen Adler‹ und gelegentlich klopfte er auch mal einen Binokel. Sein Grundstück in der Feinau bewirtschaftete er mit der passionierten Routine eines Kleingärtners. Ab und zu lud er sich dorthin Kollegen zum Grillen ein und bat sie, ihm beim Bäumeschneiden oder mähen zur Hand zu gehen.

An einem der ersten warmen Frühlingstage traf man sich zufällig am Rande des Waldfriedhofs. Er war auf dem Weg zur Arbeit, sie führte Charly aus. Man grüßte sich freundlich, er taxierte den Rüden respektvoll. »Der tut nix, der will bloß spiela.« Es war weniger die übliche Floskel als vielmehr der Augenaufschlag der Hundebesitzerin, der Vertrauen stiftend wirkte. Er streichelte das kalbgroße Tier und starrte sie dabei verlegen an. Man verabschiedete sich kurz vor jenem peinlichen Moment bedeutungsschwerer Sprachlosigkeit und wünschte sich gegenseitig einen guten Tag.

Von diesem Moment an steckte er sich Leckerlis in die Hosentasche, um für den Fall einer neuerlichen Begegnung gerüstet zu sein. Dieses Wiedersehen ergab sich bereits ein paar Tage später. Wiederum zufällig, gleichwohl von ihm herbeigesehnt, vor dem Pomeranzengarten in der Stadt. Er war auf dem Weg zur Arbeit, sie führte Charly aus. Man grüßte sich freundlich, er überwand seinen inneren Schweinehund und kraulte Charly fast schon routiniert hinter den Ohren. Der Rüde stieß seine Schnauze entschieden gegen seine Hosentasche, er zog mit einem Lächeln eines der Leckerlis heraus und Charly kaute gierig darauf herum. »So ein Zufall…«, mehr brachte er in ihrer Gegenwart nicht über die Lippen. »Ja Gott, m'r trifft sich halt so ab und zu… gell?!« Eine inspirierte Konversation gelang auch der ansonsten redegewandten Cosima Häberle nicht. Und sie vergaß, wie schon bei der ersten Begegnung, ihn nach seinem Namen zu fragen. Lächelnd zog sie Charly an der Leine weiter Richtung Marktplatz.

Karl Benninger war Eltinger aus Überzeugung und von Geburt an. Die Benningers waren seit Uhrzeiten Landwirte, der elterliche Hof lag direkt an der Carl-Schmincke-Straße, der angeblich schönsten Dorfstraße Süddeutschlands, benannt nach dem ehemaligen Leonberger Stadtoberhaupt. Vater Egon Benninger saß seit nunmehr siebenundzwanzig Jahren für die Freien Wähler im Gemeinderat, die Mutter Erna war vor fünf Jahren an Brustkrebs verstorben. Nach guter schwäbischer Tradition sollte der älteste Sohn Helmut den Hof übernehmen, sodass der jüngere, Karl, sich ein anderes Auskommen hatte suchen müssen. Nach der mittleren Reife, die er vor gut dreißig Jahren an der Gerhart Hauptmann-Realschule abgelegt hatte, absolvierte Karl eine Ausbildung zum Landwirt, ging anschließend an die landwirtschaftliche Fachschule nach Herrenberg und absolvierte eine Weiterbildung zum Agrarbetriebswirt. Vielleicht hatte er doch die Hoffnung, eines Tages den väterlichen Hof übernehmen zu können. Schließlich heuerte er bei der Leonberger Stadtgärtnerei an und brachte es dort schnell zum Vorarbeiter.

Karl Benninger war geschieden, seine Ex-Frau Margot inzwischen wieder mit einem badischen Forstbeamten liiert. Die Ehe war kinderlos geblieben, woran letztlich auch die Beziehung zerbrach. Benninger hatte es tief getroffen, als seine Frau sich von ihm abwandte und zog sich daraufhin mehr und mehr in sich selbst zurück. Er stürzte sich in die Arbeit, ging nach Feierabend regelmäßig zum Stammtisch im ›Eltinger Hof‹ und überwand sich ab und zu auf Leonberger Gemarkung mit den dortigen Stammtischbrüdern im ›Schwarzen Adler‹ zu binokeln.

Zum ersten Mal seit langer Zeit geriet sein Gefühlshaushalt außer Rand und Band. Er hatte als gestandener Mittvierziger selbst am allerwenigsten damit gerechnet. Nun war es um ihn geschehen. Die junge Frau mit ihrem Riesenköter hatte es ihm angetan. Er konnte nicht aufhören an sie zu denken, Tag und Nacht. Seine Hundephobie musste er im Zaum halten, ihr zuliebe. Es war eine heimliche, eine zutiefst verklemmte Zuneigung voller Schüchternheit und Tagträumereien. Die Begegnung mutierte in seiner Fantasie zu einer innigen Beziehung und er war vom ersten Moment an eifersüchtig auf das Vieh, dem ihre ganze Aufmerksamkeit und Liebe zu gehören schien. Er hasste diesen Hund: sein Gesabber war Ekel erregend, sein treudoofer Blick Täuschung, seine Zutraulichkeit von Gier getrieben. Er liebte Cosima: ihre feinen Gesichtszüge, ihre lässige Eleganz, mit der sie Charlys Leine hielt, ihren hinreißenden Augenaufschlag, ihre reservierte Art, die ihn erregte.

Mustafa Gökcen war der Sohn türkischer Gastarbeiter und hatte bereits vor Jahren einen deutschen Pass beantragt. Der Militärdienst in der Heimat seiner Eltern war berüchtigt, der zivile Ersatzdienst in Deutschland deutlich humaner, sodass der junge Mann aus Anatolien als gläubiger Moslem beim Roten Kreuz in Böblingen seinen Dienst fürs neue Vaterland versah. Anschließend begann Mustafa Gökcen nicht etwa eine medizinische Laufbahn, sondern begann, sehr zum Entsetzen seines Vaters Achmed, beim Gartencenter Haidt im Mahdental eine Floristenlehre. Blumen waren schon immer Mustafas große Leidenschaft. Ein unmännliches und deshalb ungeziemendes Faible, befand das Familienoberhaupt, konnte oder wollte sich jedoch gegen die Fürsprache seiner Frau Meltem nicht durchsetzen. Mustafa bewies großes Geschick im Umgang mit heiklen Blütengewächsen aller Art, bestand die Gesellenprüfung mit Bravour und wäre auch von seinem Ausbildungsbetrieb übernommen worden. Mustafas Gesellenstück war ein Brautstrauß, den er nach der Begutachtung durch die Prüfungskommission der Kreishandwerkerschaft Böblingen persönlich ausliefern durfte.

Das Schicksal spielte ihm Jennifer Prycknitz in die Arme, die als Trauzeugin ihrer besten Freundin fungierte und als solche den bei Haidt bestellten Brautstrauß in Empfang nahm. Der sprachlose Blumenbote unternahm in der Folgezeit einiges um dem Fräulein Prycknitz abermals ansichtig zu werden. So folgte er den Hinweisen nach Mecklenburg-Vorpommern, brach den Kontakt zu seiner Familie im Schwäbischen zwischenzeitlich völlig ab und verdingte sich als Tagelöhner, nur um gelegentlich in Jennifers Nähe sein zu können. Die dankte ihm die Avancen freilich kaum, gab ihm nach zwei Monaten halbherziger Liebelei den Laufpass und Mustafa Gökcen begab sich als frustierter, gehörnter Liebhaber in den Schoß der Familie zurück. Er bewarb sich nach weiteren Monaten depressiven Nichtstuns erfolgreich um eine Stelle bei der Leonberger Stadtgärtnerei. Von den Frauen hatte er bis auf weiteres genug, trauerte immer wieder seiner verflossenen Liebschaft nach und konnte von seinen Kollegen nur langsam wieder zur Teilhabe am gesellschaftlichen Leben überredet werden. Der Stammtisch im ›Eltinger Hof‹, zu dem ihn Karl Benninger ab und zu mitnahm, half ihm dabei ebenso wie das Erlernen des schwäbischsten aller Kartenspiele, dem Binokel im ›Schwarzen Adler‹ in der Graf-Ulrich-Straße.

In den folgenden Wochen begegneten sich Mann, Frau und Hund des Öfteren; immer in der Nähe von Grünflächen, Parkanlagen oder Friedhöfen und immer mit einem Leckerli. Das Zutrauen zwischen Charly und ihm schien zu wachsen, die Zuneigung zwischen Cosima und ihm nicht. Seine Sehnsucht wurde in jedem Moment diskreter Zurückweisung größer. Seine Eifersucht auf den glücklichen Leonberger Hund wuchs sich ins Krankhafte aus. Da reifte in ihm ein teuflischer Plan.

Elisabeth Pfleiderer hatte zunehmend Probleme mit ihrer Hüfte. Gerade bei Wetterwechseln machte sich der Verschleiß schmerzhaft bemerkbar, jeder Schritt wurde dann zur Qual. Sie war eben nicht mehr die Jüngste. Ihr Mann war bereits vor über zehn Jahren gestorben und so war sie sichtlich erleichtert, als der nette junge Mann aus der Wohnung im vierten Stock ihr bei ihrer morgendlichen Begegnung im Treppenhaus anbot mit ihrer Rosi Gassi zu gehen.

Die Dackeldame der Nachbarin – genauer: ihre Notdurft – sollte als Lockmittel dienen. So ging er mit dem Hund an der Leine den steilen Stich von der Rutesheimer Straße aus hinauf in den Pomeranzengarten und ließ sie an eines der Kompartimente pinkeln, das die Natur im Lustgarten in das symmetrische Ideal der Renaissance zwang. Rosi tat ihm den Gefallen und setzte sich schwer atmend an die Rabatte um sich zu erleichtern. Zufrieden ging er nachhause und gab den Dackel seiner freudigen Besitzerin zurück, die sich überschwänglich für sein Entgegenkommen bedankte. Beschwingt stieg er die Stufen zu seiner Wohnung hinauf.

An diesem Abend trafen sich Friedhelm Stöckle und Karl Benninger am Stammtisch im ›Schwarzen Adler‹. »Håsch du da Muschdafa gsea?« Es fehlte zu diesem Zeitpunkt wenigstens noch der dritte Mann zum gepflegten Kartenspiel, die anderen Stammtischbrüder waren überraschend ausgeblieben. »Der wird no Bliemle zupfa, kennsch'n doch.« Benninger machte sich regelmäßig über den anatolischen Blumenfreund lustig. Aber selbst für den Arbeitseifer des Kollegen Gökcen war es inzwischen entschieden zu spät am Abend. So prosteten sich die beiden Stadtgärtner zu, Stöckle mischte immer wieder den Kartenstapel und Benninger übte sich im Bierdeckelschnappen. »Kommt der dir nett komisch vor, in letschder Zeit?« Stöckle schaute seinen Kollegen fragend an. »Wie moinsch jetzt des?« Benninger schilderte seine Bebachtungen und Vermutungen, die sein Vis-à-vis mit zögerlichem Nicken und Schulterzucken kommentierte. »Wenn d' moinschd.« Damit war für längere Zeit genug geschwätzt.

Anderntags verfehlte der nachtfeuchte Köder seine Wirkung nicht. Nach Cosima Häberle konnte man die Uhr stellen. Schlag 9 Uhr hechelte der monströse Köter Charly ohne Leine schnurstracks an das von Rosi parfümierte Beet, beschnüffelte die Hinterlassenschaft, hob sein rechtes Hinterbein und setzte routiniert seine Duftmarke daneben. Er erhob sich gemächlich von der Bank unter der Laube, ging auf Charly zu und gab ihm sein Leckerli. Sein Frauchen kam wie gewohnt mit federndem Schritt hinterher getrabt und grüßte ihn freundlich und unnahbar zugleich, wie bei all ihren Begegnungen zuvor. Sein Entschluss stand nun endgültig fest.

An den folgenden Tagen ging er regelmäßig mit Rosi Gassi: immer in den Pomeranzengarten und immer an die gleiche Rabatte, die die Dackeldame routinemäßig in ihren Urinierplan aufnahm. Rosi wurde läufig und verströmte nun ein besonders aufreizendes Aroma. Charly beschnüffelte in Schwanz wedelnder Regelmäßigkeit die nämliche Stelle und geriet ob des erotisierenden Aromas in Ekstase. Cosima Häberle hatte alle Mühe den rüden Koloss von der Stelle zu bewegen. Sie verabschiedete sich mit kräftigem Leinenzug und verlegenem Lächeln und zerrte Charly zum Tor hinaus. Doch der Leonberger hatte Feuer gefangen und machte sich noch am gleichen Abend auf eigene Faust zur Stätte der animalischen Begierde. Darauf hatte er schon seit drei Abenden gewartet. Er erhob sich gemächlich von der Bank unter der Laube, ging auf Charly zu und gönnte ihm ein letztes Leckerli. Der Hund war gänzlich frei von jedwedem Argwohn. Das nagelneue Spatenblatt traf ihn mit voller Wucht auf den Schädel, sodass der Leonberger lautlos zusammensackte. Der Mörder zog den bewusstlosen Körper auf das Beet, bevor er mit drei gekonnten Spatenstichen den Kopf des Rüden vom Körper trennte. Anschließend verstaute er die Körperteile in einem großen Laubsack aus reißfestem PU-Material und machte sich an das Ausheben der Rabatte. Bei Neumond ging die Arbeit schnell voran. Professionell räumte er die Bepflanzung beiseite, hob mit gekonnten Spatenstichen die Erde aus und legte den Laubsack in das Kompartiment, nachdem er dem Kadaver die Hundemarke abgenommen hatte. Nach einer knappen Stunde war das Beet wieder komplett bepflanzt und nur einem genauen Beobachter wäre die leicht erhöhte Bodendecke aufgefallen. Den Aushub hatte er vorsorglich auf einer Plane zwischengelagert und reinigte nun penibel den Weg von den restlichen Krumen.

Cosima Häberle hatte das Ausreißen ihres Rüden erst am nächsten Morgen bemerkt. Ihre Hand griff auf der anderen Betthälfte ins Leere. Sie suchte zunächst noch ohne Aufregung die Zimmer ihrer Wohnung ab, bevor sie sich auf den Weg machte. Ein ausgewachsener Leonberger war nicht zu übersehen, sicher hatten die Nachbarn Charly gesehen.

Mit tiefer innerer Zufriedenheit nahm er an diesem Morgen seine Arbeit auf und goss die Beete des Pomeranzengartens. Lange schon hatte es nicht mehr geregnet, die Erde war ganz ausgetrocknet. Selbst die immergrünen Gewächse hatten braune Stellen an den Blättern. Die frische Grabstätte begoss er besonders gründlich, damit die wenigen Blutspuren versickerten, setzte sich zur Brotzeit auf seinen Stammplatz unter der Laube, schlug die Zeitung auf und biss in seinen Vesperwecken. Genüsslich nahm er einen Schluck Milchkaffee aus seiner Thermoskanne und wartete. Die eiligen Schritte erkannte er, bevor er Cosima Häberle keuchend um die Ecke biegen sah. Ihre zarten Gesichtszüge hatten etwas haltlos Verzweifeltes. Die Schweißperlen auf der Stirn zeugten von Anstrengung und Angst. Panik lag in ihrem Blick, als sie ihn mit zitternder Stimme fragte: »Hend Sie mein Charly gsäha?« Er schüttelte behutsam den Kopf, nahm die aufschluchzende Cosima Häberle in seinen Arm und wünschte sich diesen Moment zur Ewigkeit gedehnt. So musste sich Glück anfühlen, jener Augenblick, dessen Verweilen sich Faust so innig wünschte, bevor man ihn ruhig hätte zugrunde gehen lassen können. Er gab ihr ein Taschentuch und spürte das Zittern ihres Körpers und die beginnende Erregung seines Unterleibes. Er geleitete sie zum Ausgang und meinte bei der Verabschiedung erstmals eine distanzlose Herzlichkeit in ihren Worten zu hören: »Dank ihne. Hoffentlich hend Sie recht. D'r Charly isch an echter Lomb.« Auf dem Nachhauseweg gab Cosima Häberle bei der Leonberger Polizeidienststelle noch eine Suchanzeige auf.

Mustafa Gökcen und Friedhelm Stöckle trafen sich wegen des Ruhetags im ›Schwarzen Adler‹ ausnahmsweise zum Binokeln in ›Murphy's Law‹, dem Irish Pub im Untergeschoss des Graf-Ulrich-Hauses. »D'r Bolla-Bua sticht!« Die Stammtischbrüder waren auch im Exil bereits voll in ihrem Element. Heizungsinstallateur Konrad Huber hatte den Binokel auf der Hand und auch sonst an diesem Abend mehr Glück als Verstand beim Spiel. »Und den und den und den au no!« Was wollte man machen, der dümmste Bauer erntete auch jetzt die dicksten Kartoffeln, sodass die Runde sich vor der Zeit einig darüber war, Hubers Glückssträhne durch Abbruch ein jähes Ende zu bereiten. »Schåfsseggel, elendige!« Der ausgebootete Gewinner schlug verbal zurück, zahlte kurz darauf bruddelnd die Runde und ging. »Håsch du da Karle gsea?« Stöckle wunderte sich über das Ausbleiben des Kollegen Benninger, ausgerechnet heute. Hatte der doch sein Kommen noch am Nachmittag vollmundig zugesagt. »Den Huber mach i fertig, des glaubsch aber.« Benninger hatte mit dem Huber noch eine Rechnung offen. Es ging um Pfusch am Bau: der Installateur hatte eine Heizung in Benningers Badezimmer reparieren sollen und war wohl nicht mit der gebotenen Sorgfalt zu Werke gegangen. Jedenfalls stand tags darauf die Bescherung fingerbreit im Bad und Karl Benninger musste laut fluchend die dreckige Brühe aufwischen, weil der Abfluss im Boden schon seit längerem verstopft war. »Alts Glomp halt!«, meinte der vermeintliche Pfuscher und wies jeden Verdacht entschieden von sich. Und nun war Benninger wider Erwarten ausgeblieben, das sah im gar nicht ähnlich.

Elisabeth Pfleiderer quälte sich mit Rosi am nächsten Morgen selbst den steilen Stich zum Pomeranzengarten hinauf. Der junge Mann von oben hatte keine Zeit und sie versuchte das Rosten durch weniger Rasten wenigstens etwas hinauszuzögern. Rosi zog ihr Frauchen durchs Tor und geradewegs zu jener von ihr regelmäßig bepinkelten Rabatte, in der sie kurz darauf hektisch mit den Vorderpfoten zu graben begann. Sie winselte und wedelte dabei voller Aufregung mit dem Schwanz. Er erhob sich gemächlich von der Bank unter der Laube, ging auf Rosi und seine Nachbarin zu, grüßte freundlich und gab der Dackeldame ein Leckerli. »Was hott se denn?«, fragte Elisabeth Pfleiderer mehr sich selbst, als ihren netten Nachbarn. »Des macht se doch sonscht nirgends.« Er zuckte ratlos mit den Schultern und komplimentierte die alte Dame samt hechelnder Rosi zum Tor hinaus.

Elisabeth Pfleiderer konnte grundsätzlich nur bei offenem Zimmerfenster schlafen. Der nächtliche Lärm der Stadt machte ihr weniger zu schaffen, als die durch Dackel- und Altfrauenatem geschwängerte Luft. Da sie das Erdgeschoss bewohnten, war es für die läufige Rosi ein Leichtes, über den Stuhl aufs Fensterbrett und von da aus der Wohnung zu springen. Beim Weg zum Pomeranzengarten ging sie immer der Nase nach und was sie da roch, erregte und beunruhigte sie gleichermaßen. Die Dackeldame lief den Weg von der Rutesheimer Straße aus hinauf und steuerte Schwanz wedelnd geradewegs auf jene Rabatte im Garten zu, um ihr nachmittäglich begonnenes Werk zu vollenden. Das Graben lag ihr im Blut, und der Duft des Verflossenen bestärkte sie in ihrem buddelnden Instinkt. So legte sie mit einer enormen Energieleistung den Laubsack frei, zerrte die Plane beiseite und beschnüffelte den Kopf des Leonbergers mit inbrünstiger Neugier. Die Gewissheit über das Ableben des Angebeteten ließ Rosi in Herz zerreißendes, weithin hörbares Gewinsel verfallen.

Polzeihauptwachtmeister Erwin Gruber und Polizeimeister-Anwärterin Jaqueline Prokowitz waren auf ihrem nächtlichen

Rundgang vom Marktplatz in Richtung Schloss unterwegs. Die Streife war bis dahin ohne jegliche Vorkommnisse verlaufen, in der Leonberger Altstadt waren bereits die sprichwörtlichen

Gehsteige hochgeklappt. Gruber tat sich nach einem leidlich genesenen Bandscheibenvorfall mit dem Gehen noch sichtlich schwer. »Das sieht nie gut aus, Kollesche.« Anwärterin Prokowitz war eine reinrassige Neufünfländerin aus Chemnitz. »Des hert sich au ed guad a…« Ob Gruber damit den Dialekt seiner Kollegin meinte oder das Gejaule aus der näheren Umgebung, ließ der wortfaule Oberschwabe offen. Die beiden Streifenbeamten gingen dem Winseln nach. Prokowitz nahm das aufgelöste Dackelweibchen auf den Arm und streichelte sie, während Kollege Gruber die Ausgrabungsstätte mit seiner Taschenlampe in Augenschein nahm und beim Anblick des abgetrennten Hundekopfes mit heftiger Übelkeit ringen musste. »Jetzt leck'sch me am Arsch!« Der Polizeihauptwachtmeister rang um Fassung und riet seiner Kollegin dringend davon ab, ebenfalls den Fundort in genaueren Betracht zu ziehen. »Nu freilisch, des wird der Köter sein, den die Frau gestern auf'm Revier gemeldet hat.« Möglich war es jedenfalls, denn so viele Leonberger Hunde gab es nicht einmal in Leonberg. Sicher konnte man indes nicht sein, denn im Unterschied zu Rosi war beim Kadaver keine Hundemarke auffindbar. So veranlassten die Streifenbeamten zunächst die Schließung des Pomeranzengartens, machten über die Steuerliste im Revier die Besitzerin der verstörten Hundedame ausfindig und brachten Rosi nachhause.

Früh am nächsten Morgen nahmen die Beamten der Polizeidienststelle ihre Arbeit im Pomeranzengarten auf und sicherten die vorhandenen Spuren soweit sie es vermochten. Ein geköpfter Hund war kein Fall für die Mordkommission und so mussten Streifenbeamte auf ihren ermittelnden Spürsinn in einem tierischen Tötungsdelikt vertrauen. Hartmut Tritschner, Redakteur für Lokales bei der *Leonberger Kreiszeitung*, ließ nicht lange auf sich warten und versuchte einige Informationen über den mutmaßlichen Vorfall herauszubekommen. Inspektor Winfried

Weniger speiste ihn mit ein paar Brocken ab. Nach dem Abtransport des Kadavers baten die Polizeibeamten den anwesenden Stadtgärtner, die Grabungsstätte wieder in ihren ursprünglichen Zustand als Teil des Renaissancegartens zurück zu verwandeln. Mustafa Gökcen füllte den Aushub mit geübter Hand in das Beet zurück, setzte die zuvor abgeräumten Pflanzen wieder ein und säuberte die umliegenden Wege fein säuberlich von Erdkrumen. Wenig später saß Weniger wieder in seinem Dienstzimmer in der Gerhart-Hauptmann-Straße, telefonierte mit Cosima Häberle und bat sie zur Identifizierung des geköpften Kadavers ins Revier zu kommen.

Mustafa Gökcen und Karl Benninger pflegten zur Brotzeit ins ›Stehcafé Trölsch‹ in der Hinteren Straße zu gehen, wenn sie gemeinsam Dienst in der Altstadt hatten. »Zwoi Budderbrezla ond a Tass Kaffee, wie immer Karle?« Benningers Gewohnheiten waren der Verkäuferin seit Jahren bekannt, trotzdem gebot die Höflichkeit der unerwiderten Nachfrage, schließlich war der Kunde bei Trölsch König. »Ich hätte gerne eine Mohnstange und einen Milchkaffee.« Gökcen hatte die besseren Manieren. »Håsch du da Friedhelm gsea?« Stöckle war heute zum Jäten an der Gemeindehalle in Warmbronn eingeteilt und deshalb nicht mit von der Partie; zumindest war das die Vermutung des Kollegen Gökcen. Benninger gab sich damit zufrieden, biss in die erste seiner zwei Butterbrezeln und schlürfte weithin hörbar an seinem Kaffeebecher. »Mit dem Friedhelm stimmt was nicht. In letzter Zeit ist er so einsilbig, wirkt irgendwie abwesend, traurig.« Mustafa Gökcen machte sich Sorgen. »Ha maulfaul war der doch scho emmer.« Benninger brachte die Sache ohne ein Wort zuviel auf den Punkt. Der anatolische Florist hörte mal wieder das Gras wachsen. »Domms Gschwätz, saudomms!« Der finalen Feststellung des Vorarbeiters wollte Gökcen nichts mehr hinzufügen.

Die Übelkeit obsiegte über die Körperbeherrschung und Cosima Häberle musste sich im Kellerraum der Leonberger Polizeidienststelle übergeben, als sie am Kopf zweifelsfrei ihren Rüden Charly erkannte. »Wer macht denn so ebbes?« Weniger war ebenso fassungslos wie die ehemalige Hundebesitzerin. »Das wollte ich Sie gerade fragen. Hatten Sie in letzter Zeit Ärger? Haben Sie oder hatte Charly irgendwelche Feinde?« Häberle zuckte ratlos mit den Schultern. »D'r Charly war en ganz Lieber. Der hot doch neamerz ebbes do.« Dicke Tränen kullerten über das perfekte Make Up, der Inspektor reichte ihr ein Taschentuch. »Wir haben keine Hundemarke bei ihrem Charly gefunden. Haben Sie dafür irgendeine Erklärung?« Nein, Cosima Häberle konnte sich auch das nicht erklären und bat schließlich um die Freigabe des Kadavers. »Sie können Charly auf dem Tierfriedhof ›Animalia‹ in der Elisabethenstraße in Stuttgart beerdigen lassen.« Dankbar nahm Häberle den Rat des Inspektors an und verließ das Revier.

Es war eher ein Zufall. Der Sommer war vorüber und die Ermittlungen im Fall des geköpften Leonberger Hundes waren inzwischen auf Eis gelegt worden. Es gab keine Hinweise, keine Zeugen, keine Indizien, die Licht ins Dunkel des bestialischen Verbrechens hätten bringen können. Die drei Stadtgärtner waren nach Dienstschluss gemeinsam zum Handelshof in der Maybachstraße unterwegs, um für das Herbstwochenende einzukaufen. Friedhelm Stöckle hatte seine Kollegen Benninger und Gökcen zum ›herbsten‹ auf sein Stückle in der Feinau eingeladen. Dazu brauchte es noch Zutaten für ein zünftiges Abgrillen zum Saisonfinale. »Hot ebber an Euro fier da Waga?« Alle drei schauten in ihren Geldbeuteln nach und einer der drei schob einen Chip in die Kettensicherung des Einkaufswagens. Nachdem die Einkäufe in Stöckles ›Passat‹ verstaut waren, brachte Benninger den Wagen zurück und steckte den Chip vor dem Einstieg in seinen Geldbeutel zurück. Dabei fiel etwas aus seinem Portemonnaie. »Karle, Du håsch då ebbes verlora.« Stöckle hob die Plakette auf und sah, dass es sich um eine Steuermarke für Hunde handelte. Ausgestellt für ›Charly‹ vom Bürgeramt Leonberg. »Wie kommsch'n du zu dera?« Mustafa Gökcen erinnerte sich noch genau, dass beim Fund des Kadavers im Pomeranzengarten keine Hundemarke gefunden worden war. Die Polizei hatte ihn dazu extra befragt, bevor Charlys Überreste samt Laubsack zum Revier transportiert worden waren.

Die Fahrt zu Stöckles Stückle in der Feinau verlief nahezu wortlos. Während zwei Gärtner über die möglichen Zusammenhänge nachdachten, Wahrscheinlichkeiten abwogen und zu Verdachtsmomenten verdichteten, war der dritte auf der verzweifelten Suche nach einer plausiblen Ausrede. Benningers Gedanken wirbelten durcheinander: Cosima in seinen Armen, Charlys Kopf, der Spaten, die Steuermarke, das Graben, der Laubsack, Cosimas Augenaufschlag, die Leckerlis in seiner Hosentasche, der Spaten, Rosi, Gassi, Hassi…

Ihm fiel nichts ein, was er seinen Kollegen hätte auftischen können. Sie hatten ihn im Verdacht, kein Zweifel, sie gelangten mit jeder Minute zu festeren Überzeugungen, sie würden ihn anzeigen, er würde entlassen, verurteilt, käme in den Knast oder in die Klapse, ein Perverser der Hunde köpft – wie sie ihn immer wieder mit ihrem Argwohn durchbohrten. Die drei machten sich schweigend an die Arbeit. Stöckle gab Werkzeug an seine Kollegen aus, hatte einen Spaten in der Hand und stellte diesen wieder in den Schuppen zurück. »Karle, vielleicht schneidesch du lieber d'Beem.« Benninger nahm nickend die Baumschere entgegen und machte sich ans Werk. Gökcen nickte Stöckle zu, der sein Handy aus der Jackentasche gezogen hatte und nun Wenigers Nummer wählte.

Am Fuße des Turmes

Es waren Zeiten wie diese, Zeiten der Krise, die den Systemfehler offenbarten: »Rapunzel, lass dein Haar herunter!« – goldblonde, stets wachsende, zum Zopf geflochtene Versprechen mit brüchigen Spitzen. Am Ende hing der Mensch und stieg nach oben, dem Verlangen entgegen, das oben im Elfenbeinturm wartete. Reichtum hatte etwas Magisches: man wollte dazu gehören, wollte mehr und immer wieder – koste es, was es wolle.

Und wenn es gerade am schönsten war, wenn alle sich bereits im Erreichen ewiger Glückseeligkeit wähnten, kam die böse Stiefmutter und schnitt den Zopf ab. Die Landung auf dem Boden der Tatsachen war hart für die meisten, andere hingegen fielen ausnehmend weich, fielen eigentlich überhaupt nicht, schwebten gewissermaßen über den Dingen, auch und gerade in Zeiten der Krise – sie *waren* der Systemfehler.

Am Morgen war Cosima Häberle mit ihrem Bello, den sie vor kurzem aus dem Tierheim zu sich genommen hatte, auf ihrer Runde um den Engelberg. Sie warf dem Cocker Spaniel ein Stöckchen auf die Wiese hinter dem ehemaligen Wasserturm, dem Wahrzeichen der Stadt. Bello war ein junger und sehr folgsamer Hund. Er apportierte aus Leidenschaft und sprang seinem Frauchen Schwanz wedelnd um die Beine, bis die das Stöckchen wieder warf und er aufs Neue losspringen, zubeißen und zurückhecheln konnte. Deshalb war Cosima Häberle etwas verdutzt, als Bello nicht wie gewohnt zu ihr zurücklief, sondern offenbar hinter dem Turm auf etwas Interessantes gestoßen war. Bello gab Laut und die junge Frau ging seinem Gebell nach. Im Gras lag ein älterer Mann: leblos, ohne Schuhe und mit üblen Verletzungen im Gesicht. Arme und Beine waren seltsam verdreht. Cosima Häberle schrie panisch auf als sie sah, dass an beiden Füßen die großen Zehen fehlten. Mit zittrigen Fingern suchte sie in der Handtasche nach ihrem Handy und wählte die 110.

»Tischlein deck dich!« – schon lange ging das so, viel zu lange. Und wer tat etwas dagegen? Die politisch Verantwortlichen saßen und redeten von notwendigen Maßnahmen, nannten das mit Vorliebe ›Reformen‹ oder sprachen vom Gürtel, den man jetzt enger schnallen müsse. ›Jetzt‹ hieß: später, nach der nächsten Wahl, dann aber ganz bestimmt – also eigentlich nie. Hauptsache die Mehrheit konnte sich an der festlichen Tafel den Wanst vollschlagen. Irgendwann danach kam dann die Moral – oder auch nicht. Politiker steckten mit der Wirtschaft unter einer Decke, hatten sich längst kaufen lassen und konnten sich auf die

Vergesslichkeit der Wähler verlassen – auch sie waren der Systemfehler.

»Hier isch Häberle! Kommet se schnell, då liegt oiner ond rührt sich nemme! Der isch hee, då bin i m'r sicher. Ebber håd em seine Zeha abgschnitta und em Gsichd håd er wiaschde Schramma. I war grad mit meim Hund spaziera am Engelberg, då seh i den hinterm Turm im Gras liega.« Cosima Häberle mühte sich redlich um Fassung, als sie ihren Fund an die Polizeidienststelle meldete. Sie versprach zu warten, bis die Spurensicherung der Stuttgarter Kripo eintreffen würde, setzte sich auf eine Bank unterhalb des Turms und rauchte auf den Schreck erst einmal eine Zigarette. Die Beamten waren nach ungefähr einer halben Stunde vor Ort, sperrten das Gelände rund um den Engelbergturm mit rot-weißem Band ab und nahmen ihre Arbeit auf. Neben der Leiche des etwa 75jährigen Mannes fanden sie in ein paar Metern Entfernung zwei Pflastersteine. Unwahrscheinlich, dass der Mann sich vom Turm gestürzt hatte. Seine Verletzungen waren untypisch für einen freien Fall aus 20 Metern Höhe. Außerdem waren die Aussichtsöffnungen im Turm verglast, kein Fenster stand offen und der Turm war überdies verschlossen.

»Ach wie gut, dass niemand weiß…« – doch, man wusste, wusste von der Baumafia, die mit der Mehrheit im Gemeinderat gemeinsame Sache gemacht hatte, wie schon so oft. Eine Hand wusch die andere: ›Du gibst mir die Baugenehmigung, den Auftrag, das städtische Grundstück für den sprichwörtlichen Apfel und das Ei und ich baue dir dein Häuschen zu günstigen Konditionen‹. Wäre es ein Märchen gewesen, hätte das ganze Gesocks am Ende zur Hölle fahren müssen. Im Märchen musste es schließlich gerecht zugehen, aber »sie lebten glücklich, bis ans Ende ihrer Tage« – auch sie waren der Systemfehler.

Inspektor Winfried Weniger traf nach einer guten Stunde am Fundort der Leiche ein. Ob es der Tatort war, wurde bereits bezweifelt. Dass der alte Mann ermordet worden war, schien indessen wahrscheinlich. Weniger kannte Cosima Häberle schon vom Fall ihres früheren Hundes Charly, der von einem Stadtgärtner aus Eifersucht geköpft und im Pomeranzengarten vergraben worden war. Vor rund zwei Monaten war Weniger zur Stuttgarter Kriminalpolizei versetzt worden und nun Mitarbeiter des dortigen Morddezernats.

»Frau Häberle, irgendwie sind Sie von Mord und Totschlag verfolgt.« Der Inspektor klopfte der jungen Geschäftsfrau mit mitleidsvoller Miene sanft auf die Schulter.

»Ach wisst se, Herr Inschbegdor, wenn oiner koi Glick håd, kommt meischdens no Pech dezua. Aber mir gåht's guad, wenn i m'r den då ågugg.« Cosima Häberle deutete auf den Turm.

»Es war so finster und auch so bitterkalt« – Hatte nicht Prassler das Rumpelstilzchen gegeben? »Übermorgen hol' ich der Königin ihr Kind.« Prassler, der Baubürgermeister, hatte das Geschäft eingefädelt, die Fördergelder der EG und des Bundes beantragt und der ahnungslosen Öffentlichkeit das Märchen vom ›tapferen Schneiderlein‹ aufgetischt. »Sieben auf einen Streich« – mit dem Bau sollte alles schöner, besser, sicherer werden. Die Anwohner hätten mehr Ruhe, die Geschäfte mehr Kundschaft, die Kunden ausreichend Parkmöglichkeiten, die Stadt bessere Luft, die Leonberger einen großen Schutzraum, die Altstadt eine höhere Attraktivität und das Gewerbe lohnende Aufträge. Er hatte sich der Mehrheit der sieben Geißlein im Gemeinderat sicher sein können. Die Baumafia war bedient worden und hatte Kreide gefressen. Alle konnten von güldenen Tellerchen essen und aus güldenen Becherchen trinken. Gevatter Staat würde schon für die Zeche aufkommen. Wie es um die Bausubstanz der Altstadt während der umfangreichen Sprengungen bestellt sein würde, war Prassler egal gewesen. Ob der Einzelhandel an den Folgen der ›Sanierungsmaßnahmen‹ in der Altstadt zugrunde gehen würde, war Prassler egal gewesen. Es musste eine Parkkaverne gebaut werden, ein Atomschutzbunker für dreitausend Leute. Die Stellplätze mussten von den Anwohnern und Geschäftsinhabern am Marktplatz für ihre Kunden erworben werden. Zwanzig Meter unter der Erde waren umfangreiche Sprengungen vorgenommen worden. Die alten Fachwerkhäuser hatten sich zum Glück als erdbebensicher erwiesen. In Zeiten des Kalten Krieges konnte man anderen eine subventionierte Grube graben und musste nicht selbst hineinfallen. Und nach der Pest kam die Cholera: Mitte der 80er Jahre gab man der Altstadt mit einer umfangreichen ›Sanierung‹ vollends den Rest. Der Marktplatz und die umliegenden Straßen wurden aufgerissen, Wasser-, Abwasser, Gas- und Stromleitungen neu verlegt. Über Jahre waren die Geschäfte in der Altstadt für Kunden kaum zugänglich. Diese wanderten ab, der Einzelhandel gab nach und nach auf und die Frauen von Architekten, Bauunternehmern und Handwerksmeistern konnten fortan in den Läden

›Verkäuferles‹ spielen. Zum Schluss pflasterte man den Marktplatz noch mit gebrauchten Steinen aus Belgien, man gönnte sich ja sonst nichts. Der Turmbau zu Babel war hier unterirdisch vollzogen worden – ein grandioser Fehler im System.

Mittlerweile konnte die Leiche durch einen pensionierten Leonberger Streifenbeamten identifiziert werden. Es handelte sich um den ehemaligen Baubürgermeister von Leonberg, Dr. Manfred Prassler. Die Gerichtsmedizin diagnostizierte schwerste Hämatome am Kopf, den Gliedmaßen und am Oberkörper. Viel sprach dafür, dass der Mann mit den gefundenen Pflastersteinen erschlagen bzw. gesteinigt worden war. Anschließend hatte man die beiden Großzehen abgetrennt und die Leiche am Fuße des Engelbergturms abgelegt. Der Fundort war also tatsächlich nicht identisch mit dem Tatort. Immerhin hatten sich die vermissten Pflastersteine des Leonberger Markplatzes wieder gefunden. Ein oder mehrere Unbekannte mussten kürzlich des Nachts direkt vor dem alten Rathaus zwei Steine aus der Pflasterung entwendet haben. Ob sie als Mordwaffen fungiert hatten, war zu diesem Zeitpunkt noch nicht zweifelsfrei nachgewiesen.

»Was Hänschen nicht lernt« – Hänschen hatte damals schon seine Lektion gelernt, hatte in öffentlichen Sitzungen des Gemeinderats eine Ahnung von den Machenschaften bei Hofe erhalten. Der König und sein Baulöwe regierten, der Wolf fraß Kreide und die sieben Geißlein öffneten treudoof die Tür. »Schüttel mich, meine Äpfel sind längst reif!« Und er schüttelte sich und die anderen, aber keinem fiel auf, was vor sich ging. Steckten am Ende alle unter einer Decke? Im Märchen gab es immer die Guten und die Bösen. Wo waren die Guten? Da ging Hänschen in die weite Welt, »seine Mutter weinet sehr, hat ja nun kein Hänschen mehr«. Hans war das Glück lange hold, brachte es zu Reichtum und Ruhm, der ihm mit der Zeit zu

Kopf stieg. Gedanken kreisten um die Vaterstadt, um die kranke Mutter, die er hatte besuchen wollen und die starb, noch ehe sie ihr Hänschen noch ein letztes Mal in ihre Arme hatte nehmen können. »Hinter den sieben Bergen, bei den sieben Zwergen« – erfuhr Hans vom Tod seiner geliebten Mutter und er fuhr sie zu beerdigen auf dem Waldfriedhof. »Ruhe in Frieden« – schwor er sich am Grab und gönnte sich fortan keine ruhige Minute mehr.

»Wisset sie, warum dass die Leaberger ›Schnocka‹ hoißet?« Cosima Häberle saß Inspektor Weniger im Café Trölsch am Marktplatz bei einer Tasse Kaffee gegenüber. War es ausschließlich dienstliches Interesse, welches zu der Unterredung im gemütlichen Ambiente führte? Auch die junge, adrette Hundebesitzerin hatte sich über den Anruf aus dem Stuttgarter Morddezernat gefreut. Weniger war mehr, als sie sich von den meisten Männern erhoffte: zuvorkommend, aufmerksam, charmant, intelligent, nicht aufdringlich und bei klarem Verstand. Bello im Bett war das eine…

»Nein, weiß ich nicht. ›Schnocka‹, was soll das sein?« Der Inspektor war ein ›Reigschmeggder‹ und des Schwäbischen nur sehr bedingt mächtig.

»›Schnocka‹ sen Schnecken, aber des isch irreführend. Weil d'Leaberger vom Herzog Privilegia zugsprocha kriegt hen, waret se zum Beispiel vom Zehnta befreit. Se waret halt ebbes bessers ond elle Welt war neidisch uff se. Aber då gibt's no a schene Gschichd. Es soll amål an Leaberger Wengerter uff seim Stückle g'herbschded han. Er håd nemme so guad gsea un war am uffhacka vom Boda. Då sieht er direkt vor sich an Weibergschnock hocka. Der Wengerter holt aus und schlait sich mit seinerer Hacke de große Zaia ab.«

»Den großen Zehen?« Bei Weniger und Häberle fiel der Groschen zum gleichen Zeitpunkt. Prasslers große Zehen fehlten, als Häberles Bello ihn am Turm fand. Der Täter kannte sich wohl in der lokalen Sagenwelt aus und kennzeichnete den ›besseren Bürger‹ auf makabre Art und Weise.

»Übermorgen hol ich der Königin ihr Kind« – Dekaden kommen und gehen, Hänschen geht und kommt, »ach wie gut, dass niemand weiß, dass er Rumpelstilzchen heißt«. Gnade der frühen Geburt, warum eigentlich? Bloß weil die nächste Generation bei Hofe so weiter hauste und tunnelte und die eine Hand immer noch die andere wusch? ›Hass dem Prassler!‹ »Wer von Euch ohne Schuld ist, werfe den ersten Stein.« Hänschen war unschuldig, ganz und gar. ›Was soll der Stein in meiner Hand, was soll derjenige tun?‹ Hans hatte Glück und fand das pensionierte ›Rumpelstilzchen‹ im Telefonbuch. Hänschen stolperte fast, als er über den gepflasterten Marktplatz ging – belgisches Glump, verrecktes! Und da nahm er zwei von den Wackersteinen und erschlug das Rumpelstilzchen. Und das Hänschen weinte sehr, gab ja jetzt kein Prassler mehr. Die gute Mutter konnte nun endlich in Frieden ruhen und Hans war's zufrieden – der Systemfehler war behoben.

Die Affäre um den Leonberger Baubürgermeister Prassler schlug für kurze Zeit gehörige Wellen in der Stadt. Lange vor der Amigo-Affäre des Baden-Württembergischen Ministerpräsidenten, beschuldigte man Dr. Prassler der Vorteilsnahme und Bestechlichkeit bei der Vergabe von Aufträgen im Zusammenhang mit dem Bau der Parkkaverne unter der Leonberger Altstadt. Ein Millionenbetrag machte die Runde, Anklage wurde erhoben, das Verfahren nach zwei Jahren aber aus Mangel an stichhaltigen Beweisen wieder eingestellt. Später wurde dem verheirateten Katholiken Prassler ein Verhältnis nachgesagt. Die alleinerziehende Helga Glückler war Buchhändlerin und wurde nach Bekanntwerden der Affäre von Alteingesessenen Leonbergern aus ihrem Laden gemobbt. Helga Glückler war pleite und verstört, ihr Sohn Hans verließ die Stadt und ging ins Ausland. Prasslers Ruf war für ein paar Wochen angeschlagen, aber er konnte sich im Amt halten, auf die Vergesslichkeit der Leute zählen und wurde in allen Ehren in den Ruhestand verabschiedet. Für seine Verdienste um die Stadt wurde ihm zum 70. Geburtstag vom Regierungspräsidenten das Bundesverdienstkreuz verliehen.

Winfried Weniger befragte pensionierte Mitarbeiter des Leonberger Baudezernats über ihren ehemaligen Chef, Dr. Manfred Prassler. Dabei erfuhr der Inspektor von dem Verfahren gegen Prassler Anfang der 90er Jahre und von der Affäre des Baubürgermeisters, die in aufbewahrten Zeitungsartikeln Erwähnung fand. Daraufhin ließ Weniger über Interpol nach Hans Glückler fahnden.

»Und wenn sie nicht gestorben sind« – am Ende wurde alles gut: die Bösen wurden bestraft und die Braven belohnt. Da ging Hans zum Brunnen und warf seine Spindel hinein. Rapunzels Haar war zu Gold gesponnen und seine Finger waren ganz blutig. »Die Schlechten ins Kröpfchen« – da schaute er zum Schaufenster hinüber und ein Gedanke schoss ihm durch den Kopf: »Spieglein, Spieglein an der Wand, nun lege Hand an deine Hand.« Und der Gedanke schoss ihm eine Kugel durch den Kopf und Hans im Glück sank nieder.

Stuttgart (STZ – HaTri)– Am Hans-im-Glück-Brunnen, mitten in der Stuttgarter City, hat sich am gestrigen Nachmittag ein Mann erschossen. Wie Augenzeugen berichten, jagte sich der 45jährige Hans G. eine Kugel in den Kopf.

Winfried Weniger las die Zeitungsnotiz und legte den Fall Prassler zu den erledigten Akten.

Sonnenkreuzung

»Habisch dem genau geseh'n, ischwör! Hat dem Tuss in dem fetten Cabrio krass dem Mücken reingehaut. Dem Lastern is gekommt von hinten und hat dem zu spät geseh'n. Hat dem Truckern zu dem Cabrio-Tussen korrekt in dem Horn gestoßt. Hat sich dem Tuss voll erschreckt und hat dem volle Stoff gegebt, ischwör. War da dem jungen Braut. Is dem vor Schreck konkret stehen gebleibt mitten auf Straße. Alder, isch seh, wie dem Cabrio voll fährt über den Brauten! Dem Tussen gibt krass Gummi und dem Brauten bleibt liegen, einfach so. He ischwör, die hat nix mehr gelebt, tausend Prozent.«

Polzeihauptwachtmeister Erwin Gruber schaute prüfenden Blickes über seinen Notizblock hinweg in das bartflaumige Gesicht des Hauptschulabsolventen mit Migrationshintergrund.

Nachdem der schwere Unfall mit Fahrerflucht aufgenommen und die Leiche der fünfzehnjährigen Gymnasiastin abtransportiert worden war, wurden nun die umstehenden Zeugen zum Unfallhergang befragt. Gruber notierte den Namen des Zeugen und entließ ihn mit der Maßgabe sich für weitere Fragen zur Verfügung zu halten. Die nächste Zeugin, die der Polizist der Leonberger Dienststelle auf dem Parkplatz der Kreissparkasse um eine Schilderung des Geschehens bat, war die Rentnerin Isolde H.

»Also wissen Sie, Herr Wachtmeister, das Mädchen blieb mitten auf der Straße einfach stehen. Wahrscheinlich hat sie sich wegen der Lkw-Hupe erschreckt. Das war aber auch ein durchdringender Sirenenton, kann ich Ihnen sagen. Also, die Fahrerin in ihrem Cabrio bremste plötzlich. Vielleicht hat sie den Abstand zum Gegenverkehr falsch eingeschätzt. Wollte losfahren und hat es sich dann plötzlich doch anders überlegt. Das habe ich leider nicht sehen können, Herr Wachtmeister. Tja und dann kam von hinten der große Laster. Der fuhr ziemlich schnell auf die Kreuzung zu und rechnete wohl damit, dass die Frau vor ihm abbiegen würde. Als sie dann stehenblieb, hupte der Fahrer und alle Umstehenden zuckten zusammen. Die Frau im Cabrio fuhr mit quietschenden Reifen über die Kreuzung und erwischte das Mädchen mit ihrem rechten Kotflügel. Dann war sie auf und davon.«

»Kennet Sie sich an des Kennzeicha vo dem Cabrio erinnera?« Isolde H. verneinte. Auch zum Aussehen der Fahrerflüchtigen konnte sie keine Angaben machen. Sie entschuldigte sich mit dem Hinweis auf ihre erst kürzlich überstandene Star-Operation. Sie müsse deshalb noch Medikamente nehmen, die ihre Sehfähigkeit stark beeinträchtigten. Ein Kreuz sei das, mit dem Altwerden, das könne er sich ja sicher denken.

Polizeimeister-Anwärterin Jaqueline Prokowitz wischte sich den Kreidestaub von den manikürten Fingerspitzen. Sie hatte die Reifenspuren markiert und die Position der Leiche auf der Fahrbahn umrandet. Das Mädchen hatte eine schwere Kopfverletzung davon getragen und war noch an der Unfallstelle verstorben, wahrscheinlich an der Folge von Hirnblutungen. Die gesunde Farbe kam erst langsam wieder in das hübsche Gesicht der jungen Polizistin zurück.

»Is das nu Totschlag oder Mord?«, wollte Prokowitz von ihrem Kollegen wissen.

»Unterstella m'r mål koi Absicht. Uff jeden Fall isch es Fahrerflucht bei ama Ofall mit Todesfolge. Damit isch zumindescht d'r Pabbadeggl weg on a ordentliche Geldstråf fällig. Aber dadazua mua m'r dui Fahrerin z'erscht amål ausfindig macha.«

Gruber bat Beatrice F. als nächste Zeugin zu sich in den Streifenwagen. Der Mercedes Vito war im Fond mit gegenüberliegenden Bänken ausgestattet, sodass die Befragungen nicht auf offener Straße stattfinden mussten. Die Mitarbeiterin der Schlecker-Filiale hatte an der Kasse sitzend den Unfall verfolgt, ihr war aber die Sicht von dem hupenden Lkw weitgehend verdeckt geblieben. Einzig an das Kennzeichen des Cabrios meinte sie sich erinnern zu können.

»LB-CA 734. Es kann auch 738 gewesen sein, aber auf jeden Fall war es ein Ludwigsburger Kennzeichen.«

»Nein, es war ein Balinger Kennzeichen: BL-CA 734 – ein schwarzes 3er-*BMW* Cabrio. Die Fahrerin war blond, trug eine große Sonnenbrille und eine weiße Bluse, soweit ich das erkennen konnte.« Bankkaufmann Hubert M. stand für eine Raucherpause vor dem Gebäude der Kreissparkasse und hatte die Unfallstelle gut einsehen können.

»Die Fahrerin kam die Feuerbacher Straße aus Ditzingen kommend entlang und wollte zügig links in Richtung Stuttgart abbiegen. Alles ging sehr schnell. Hinter ihr donnerte der Lkw heran, der ebenfalls abbiegen wollte. Warum das Cabrio plötzlich abbremste, kann ich nicht sagen. Jedenfalls hupte der Lkw

Ohren betäubend laut und kam auf der Abbiegespur zu stehen. Ob er den *BMW* noch touchiert hat, weiß ich nicht. Jedenfalls fuhr das Cabrio mit durchdrehenden Reifen an und erwischte das Mädchen.«

Hartmut Tritschner, Redakteur für Lokales bei der *Leonberger Kreiszeitung*, ließ nicht lange auf sich warten und versuchte einige Informationen über den mutmaßlichen Vorfall herauszubekommen. Da sich das Gebäude der Kreiszeitung in unmittelbarer Nähe zum Unfallort in der Stuttgarter Straße befand, konnte er von seinem Redaktionszimmer aus die Zeugenbefragung auf dem gegenüberliegenden Parkplatz beobachten, seinen Notizblock zücken und Wachtmeister Gruber in die journalistische Mangel nehmen.

»Mein lieber Gruber, Sie wollen mir doch nicht ernsthaft weismachen, dass Sie noch keine sachdienlichen Hinweise zur Klärung des Unfallhergangs erhalten haben. Ich muss Ihnen doch nicht mehr erklären, dass die Öffentlichkeit ein Recht darauf hat, über dieses Vorkommnis umfassend informiert zu werden.« Der Hauptwachtmeister rollte mit den Augen, seine Kollegin Prokowitz holte inzwischen zum Gegenschlag aus.

»Ob der Kollesche 'n Lieber is oder ni, das tut ja wohl überhaupt nischd zur Sache. Un was hier Sache is, das versuch'n w'r gerade rauszukrischen. Sobald ausreischend Information'n beisamm sin, tun w'r de schreibende Zunft in Kenntnis setz'n. Un bis dahin sollten de Schreiberlinge uns de Arbeit ni unnötsch erschwer'n – rosemisch?« Ja, Tritschner hatte die couragierte Bullen-Azubine fast wortwörtlich verstanden und trollte sich zur anderen Straßenseite zurück – nicht ohne vorher noch ein Bild von der Sonnenkreuzung geschossen zu haben, auf der immer noch der Lkw auf der Abbiegespur Richtung Stuttgart stand und die Spurensicherung ihrer Arbeit nachging. Der Stau war, dank der genialen Leonberger Verkehrsführung, inzwischen durch die Sperrung der Kreuzung in allen Richtungen erklecklich angewachsen; Leonberg war mal wieder eine Meldung in den Verkehrsnachrichten wert.

Urs L., der Fahrer des Lkw stand noch unter Schock. Vom Bock seines *Actros*-Sattelzuges aus hatte er die Tragödie fast hautnah von erhabener Position aus verfolgen müssen. Das anfahrende Cabrio, das Mädchen, wie es hoch geschleudert wurde und leblos auf der Straße liegen blieb, das davon rasende Unfallfahrzeug. Das Mädchen in einer Blutlache keine fünfzehn Meter von ihm entfernt. Der Trucker aus Solothurn hatte schon manches auf der Straße gesehen und erlebt, aber in einen tödlichen Unfall war er bis dato noch nicht verwickelt gewesen. Und dabei hätte er an dieser Stelle gar nicht abbiegen dürfen. Sein Navi hatte ihn auf die falsche Spur gelotst. Die Stuttgarter Straße war für Lkw über 7,5 Tonnen Gesamtgewicht gesperrt. Sein Blick war nach dem ersten Schreck auf einen Mann vor dem Sparkassengebäude gegenüber gefallen, der offenbar telefoniert hatte, nach dem Crash sein Handy einsteckte und sich zügig von der Unfallstelle entfernte. Es hatte den Anschein gehabt, als wollte er keine Zeugenaussage machen müssen.

Von den Fenstern des Namen gebenden ›Gasthaus Sonne‹ aus hatten weder Gäste noch Personal den Unfall auf der Kreuzung beobachtet. Die italienischen Wochen des Lokals hatten alle Aufmerksamkeit absorbiert, man ließ es sich schmecken. Niemand ahnte zu diesem Zeitpunkt, dass es sich nicht um einen tragischen Unfall mit Todesfolge, sondern um einen geplanten Mordanschlag gehandelt hatte.

Al Brecht rätselte noch, wen er bei seiner Adaption der ›Straßenszene‹ aus dem *Messingkauf* seines berühmten Namensvetters in das zu ermittelnde Geheimnis des Falles involvieren sollte. Wenn Urs L. seinen Schock überwunden haben würde, konnte er Wachtmeister Gruber gegenüber die Beobachtung eines telefonierenden Unbekannten zu Protokoll geben. Aber es bedurfte noch einiger Erklärungen, die wiederum von irgendjemandem kommuniziert werden mussten. Das Unfallopfer Jaqueline B., das die zehnte Klasse des hiesigen Albert Schweitzer-Gymnasiums besucht hatte, war zur unerträglichen Bedrohung für ihren Vater geworden. Sie hatte ihn mehrfach zusammen mit seiner Freundin gesehen gehabt, das Pärchen mit ihrem Handy in eindeutigen Situationen fotografiert und gedroht, ihn an die Ehefrau und Mutter zu verraten. Da sie eine habgierige, verzogene Göre gewesen war, hatte sie ihren Vater mit den Bildern erpresst und war mit ihren Forderungen immer dreister geworden. Systematisch hatte Jaqueline ihren Vater Hubert B. in den finanziellen Ruin getrieben. So hatte sich der Vater zu einer Verzweiflungstat durchgerungen, bei der ihm seine Freundin Susanne K. assistieren sollte. Fragwürdig blieb für Al Brecht, ob ein Augenzeuge des Unfalls als Informant tauglich war: der Kanak sprechende Jüngling keineswegs, die *Schlecker*-Mitarbeiterin Beatrice F. ebenso wenig. Trucker Urs L. aus Solothurn war bereits für den ersten Hinweis zuständig und aus dem ›Gasthaus Sonne‹ hatte niemand das Geschehen beobachtet und würde folglich für Ermittlungen keine plausible Rolle spielen können. Blieben noch der Bankkaufmann Hubert M., die redselige Rentnerin Isolde H., der Lokalredakteur Hartmut Trischtner, die beiden Polizisten Erwin Gruber und Jaqueline Prokowitz und der noch einzuschaltende Kriminalhauptkommissar Winfried Weniger. Weitere Personen würden das Figurentableau für eine Geschichte dieser Größenordnung nur unnötig aufblähen. Der Mitarbeiter der Kreissparkasse war durch interne Informationen über Bewegungen auf Hubert B.s Girokonto als Informant ebenso denkbar, wie die durch Tratsch aus der Nachbarschaft bestens informierte und neugierige Isolde H.. Hartmut Tritschner war als Journalist zwar immer auf der Suche nach einer Sensation, durch seine bekanntermaßen schlechte

Recherche und seine entsprechend mäßigen Artikel in der Leonberger Kreiszeitung wurden ihm aber meistens die wirklich interessanten Aspekte vorenthalten. Die Ermittler im Vorfeld mit relevanten Detailinformationen auszustatten, war gegen das Fairplay und Winfried Weniger konnte erst aktiv werden, wenn sich der Mordverdacht bereits in Umlauf befinden würde. Die Abwägung führte schließlich zu folgender Variante: Urs L. wurde nach seiner Entlassung aus der Klinik von Erwin Gruber zum Unfallhergang befragt und der schilderte dem Hauptwachtmeister unter anderem seine Beobachtung mit dem telefonierenden Unbekannten. Der muss aus der Perspektive des Lkw-Fahrers direkt neben dem rauchenden Hubert M. gestanden haben. Da M. den Passanten als Kunden seit Jahren kannte, konnte er ihn als eben jenen Hubert B. identifizieren und die Polizei mit dessen Adresse und Telefonnummer versorgen. Anwärterin Prokowitz durfte mit B. telefonieren und ihn zu einer Zeugenbefragung auf dem Leonberger Revier vorladen. Nun hatte die Geschichte in Anlehnung an das ›epische Theater‹ endlich ihren logischen Fortgang gefunden.

»So, Herr B., sach'n se m'r mal, warum se sisch ni gemeld't ham? Bei so ähm furschdbar'n Unfall, kammer sisch doch ni so verdünnisier'n.« Prokowitz machte sichtbar Eindruck auf Hubert B., denn er stammelte die junge Beamtin etwas verlegen an.

»Ja, ich weiß auch nicht… das Geschehene war einfach zu schrecklich... Und das hat wohl zu einer Kurzschlussreaktion geführt… ich bin einfach abgehauen.« Gruber kam in diesem Moment zur Türe herein und nahm seine Kollegin beiseite. B.s Nervosität nahm zu, er rutschte unruhig auf seinem Stuhl hin und her und kaute an seinen Nagelbetten herum.

»So, mein Gudsder, nu kommt m'r die ganze Sache vollends spanisch vor. Die Verunglückte is ihre Tochter! Hammen Sie das ni geseh'n?!« Unter dem perfekten Make Up von Prokowitz wurde nun Zornesröte erkennbar.

»Sie haben doch keine Ahnung!« Hubert B. brach zusammen, seine Schultern zuckten, Tränen liefen ihm übers Gesicht.

»Dann sach'n se's mir!« In die Stimme der jungen Polizistin mischte sich zur natürlichen Dominanz situativ bedingter Zorn und eine Spur Verunsicherung. Ob sie mit Zeugen in dieser Manier umspringen konnte? Ihr erfahrener Kollege Gruber nickte zustimmend und richtete seinen gestrengen Blick ebenfalls auf den verspäteten Zeugen, der sich gerade als Vater des Unfallopfers entpuppt hatte.

»Ich möchte meinen Anwalt sprechen.« Hubert B. blickte ins Leere, ein gebrochener Mann saß vor den beiden Polizisten.

»Könnt'n se m'r vielleischd sachn, mit wem se telefoniert ham, bei dem Unfall?« Die Frage von Prokowitz blieb unbeantwortet und Gruber bedeutete seiner Kollegin, dass sie den Zeugen fürs Erste entlassen könne.

Über die Fahrerin in dem 3er-*BMW* mit Balinger Kennzeichen war bis zu diesem Zeitpunkt nur bekannt, dass es sich um eine blonde Frau mit großer Sonnenbrille und einer weißen Bluse handelte. Augenzeuge Hubert M. hatte das zu Protokoll gegeben. Al Brecht fragte sich nun, wann er sie den Lesern als Freundin von Hubert B. vorstellen sollte. Susanne K., die attraktive Geschäftsfrau, mit der sich der Familienvater B. regelmäßig getroffen hatte. Sie arbeitete in Albstadt-Ebingen bei dem Weltmarktführer für Nähmaschinennadeln im Außendienst und hatte so den Trikotagenfabrikant Hubert B. bei einer Messe in Echterdingen kennen gelernt. Beim heimlichen Durchblättern von Vaters Terminkalender war Jaqueline vor etwa einem Jahr die in regelmäßigen Abständen vorgenommenen Eintragungen aufgefallen: ein ›S‹, vornehmlich an Tagen, an denen Hubert B. wegen wichtiger geschäftlicher Termine spät oder gar nicht nachhause gekommen war. Mit einer gehörigen Portion Teenager-Fantasie und ihrem Wissen aus regelmäßiger Anschauung von Daily Soaps mutmaßte sie eine väterliche Intrige und spionierte Hubert B. nach. Sie folgte ihrem Vater zu einem Biergarten in Eltingen und legte sich mit ihrem Fotohandy auf die Lauer. Susanne K. ließ nicht lange auf sich warten, nahm ihre modische Sonnenbrille ab, begrüßte ihren Lover innig, küsste ihn mit ihren sinnlichen roten Lippen und legte ihren braun gebrannten, gold bereiften Arm um seine Schulter. Ein Herz und eine Seele, mehrfach auf SIM-Karte gebannt und fortan als Pfand in der Hand von Töchterchen Jaqueline. Auf die Idee mit der Erpressung brachte sie ihre beste Freundin Cora. Sie stellte ihren Vater zwei Tage nach dem Date im Biergarten zur Rede und zeigte ihm eines ihrer Fotos. Sie wusste, dass sie ihn in der Hand hatte. Die Firma lief auf Ehefrau Sandra, und die Mutter würde Huberts Eskapaden nicht durchgehen lassen. Seine Existenz hing also vom Stillhalteabkommen mit seiner eigenen Tochter ab. Und die Abhängigkeit von Susanne nahm mit jeder Begegnung zu. Er saß in einer auswegslosen Falle, das war ihm schnell bewusst geworden. Und die Forderungen von Jaqueline wurden ebenso schnell maßlos. Al Brecht schwankte noch. Sollte der Anwalt von Hubert B. während einer Unterredung mit dem inzwischen eingeschalteten Kommissar Weniger diese Informationen weitergeben? Oder wäre es eindrücklicher, wenn B. in einem dramatischen Geständnis der Geschichte zu einem schnellen Ende verhelfen würde? Mit Rücksicht auf das Figurentableau entschied sich der Drehbuchschreiber auch hier für die kürzere Variante.

Es blieb der Bullen-Azubine Jaqueline Prokowitz vorbehalten, ihr verhörerisches Talent auszuspielen und den neuerlich vorgeladenen Zeugen und Opfer-Vater zu einem Geständnis zu bewegen. S. gefielen die Doppelungen der Vornamen und er überlegte sich bereits einen Exkurs zur Namensgebung seiner Figuren, ließ aber mit Rücksicht auf einen stringenten Verlauf der Handlung wieder davon ab.

»Nu wird mir das Ganze gar zu dolle! Lieber B. nu hamm se doch endlisch den Schneid un sachn se frei heraus, was ihn auf d'r Seele lieg'n tut.« Prokowitz mimte nun ganz den mütterlichen Typ, den Rest besorgte ihr hinreißender Augenaufschlag.

»Hamm se mit ihr'n Anwalt gesproch'n? Dann kenn se uns och mal den Gefall'n tun un Butter bei de Fische geb'n. Herrgott, isch hab mene Zeit och ni gestohl'n.« Die Kamera war nun in Schuss-Gegenschuss ganz auf die beiden Gesichter gerichtet. Die unterlegte Geigenmusik würde den Spannungshöhepunkt bei der Nachvertonung deutlich markieren.

»Also gut.« Hubert B. legte in der Folge sein Geständnis ab, woraufhin das Morddezernat in Stuttgart in die Vorgänge involviert wurde. Den Handlungssprung an dieser Stelle beließ S. zunächst so, wie er war. Kommissar Weniger musste sich in jedem Fall bei seinen Leonberger Kollegen über den bisherigen Ermittlungsstand informieren, bevor Hubert B. neuerlich von Weniger verhört wurde.

Währenddessen wird im Film die Abfolge des Unfalls mehrfach und in Zeitlupe aus jeweils anderer Kameraperspektive sichtbar. Zunächst sieht man Susanne K. wie sie in ihrem schwarzen *BMW*-Cabrio fährt. Schnitt – bei einer Profileinstellung wird die Freisprecheinrichtung an ihrem linken Ohr sichtbar. Sie telefoniert offenbar. Schnitt – zu sehen ist Urs L. am Steuer des Lkw, der in einen Leberkäswecken beißt und sich einen Schluck aus einer Sprudelflasche genehmigt. Schnitt – zu sehen ist Schülerin Jaqueline B., wie sie an der Fußgängerampel wartet. Zoom auf den hinter ihr stehenden Hubert M. mit einer Zigarette im Mund. Direkt daneben steht ihr Vater Hubert B., er telefoniert. Durch das Geständnis aus dem Off wird klar, dass Hubert B. zu Susanne K. im Auto Kontakt hat. Schnitt – Susanne K. in Großaufnahme. Aus dem Off wird die durch Telefon verzerrte Stimme von Hubert B. hörbar.

»Warte noch etwas, Liebling, die Ampel schaltet gleich auf grün. Da darfst erst abbiegen, wenn sie auf der Straße ist.« Seine Stimme klingt aufgeregt. Schnitt – Blick aus der Perspektive von Susanne K., wie sie sich hinterm Steuer ihres *BMW* der Kreuzung nähert und ruckartig abbremst. Schnitt – Blick in den Führerstand des Lkw: Urs L. fällt vor Schreck sein Vesper aus dem Mund und er drückt auf die Hupe. Bei den folgenden Einstellungen bleiben die Ohren betäubenden Sirenen als Dauerton hörbar. Schnitt – Blick aus der *Schlecker*-Filiale – zu sehen ist der stark bremsende Lkw, der das vor ihm beschleunigende Cabrio fast touchiert. Schnitt – Blick vom Eingang der Kreissparkasse auf die wartende Jaqueline B.. Schnitt – eine Fußgängerampel in Großaufnahme schaltet von rot auf grün. Schnitt – Blick aus dem *BMW* – am rechten Bildrand sieht man den Dummy, der das Mordopfer Jaqueline doubelt, wie er mit dem Kopf auf die Kühlerhaube schlägt und dann vom Aufprall nach oben weg geschleudert wird. Schnitt – Blick vom Eingang der Kreissparkasse auf Susanne K., die mit Vollgas aus dem Bild rast. Schnitt – die Wiederholung des Aufpralls aus der Perspektive des Lkw-Fahrers, immer noch sind die Sirenen zu hören. Nachdem der *BMW* aus dem Bild verschwunden ist, zoomt die Kamera auf Hubert B., wie er sein Handy einsteckt, sich kurz umsieht und seinen Standpunkt hastig verlässt. Schnitt – die Kamera zoomt auf die in einer Blutlache liegende Jaqueline. Schnitt – die Sonnenkreuzung in der Totalen – man sieht, wie Polizisten die Straßen absperren. Schnitt – ein Einsatzfahrzeug der Polizei fährt auf den Parkplatz der Leonberger Kreissparkasse. Schnitt – ein Leichenwagen wird durch die Absperrung gelassen. Schnitt – Großaufnahme von Hauptwachtmeister Erwin Gruber, der sich mit einem Teenager vor dem Streifenwagen unterhält. Schuss – Gegenschuss:

»Habisch dem genau geseh'n, ischwör! Hat dem Tuss in dem fetten Cabrio krass dem Mücken reingehaut. Dem Lastern is gekommt von hinten und hat dem zu spät geseh'n. Hat dem Truckern zu dem Cabrio-Tussen korrekt in dem Horn gestoßt. Hat sich dem Tuss voll erschreckt und hat dem volle Stoff gegebt, ischwör. War da dem jungen Braut. Is dem vor Schreck konkret stehen gebleibt mitten auf Straße. Alder, isch seh, wie dem Cabrio voll fährt über den Brauten! Dem Tussen gibt krass Gummi und dem Brauten bleibt liegen, einfach so. He ischwör, die hat nix mehr gelebt tausend Prozent.« Schnitt – Blick auf die Sonnenkreuzung vom Redaktionszimmer der Leonberger Kreiszeitung. Zu sehen ist Jaqueline Prokowitz, die gerade die Leiche des Mordopfers mit Kreidestrichen umfährt. Schnitt –

die Leiche wird abtransportiert, inzwischen ist getragene Streichermusik zu hören. Schnitt – im Verhörraum des Stuttgarter Morddezernats: Kommissar Weniger blickt auf sein Gegenüber Hubert B. – Schuss – Gegenschuss:

»Sie geben also zu, zusammen mit ihrer Komplizin Susanne K. ihre Tochter Jaqueline ermordet zu haben?« Schnitt – der Trikotagenfabrikant nickt stumm.

»Woher wussten Sie, dass Jaqueline zu diesem Zeitpunkt die Sonnenkreuzung überqueren würde?«

»Sie war jeden Donnerstag nach der Schule auf dem Weg zu ihrer Freundin Cora.«

Abspann mit Titelmelodie.

Als Al Brecht die Verfilmung seines Drehbuchs zum ersten Mal im Kino sah, war er zufrieden mit seinen erzähldramaturgischen Entscheidungen. Besonders angetan war er von der Besetzung der Polizeimeister-Anwärterin Jaqueline Prokowitz. Cosima Shiva Hagen verkörperte für ihn genau den Typ ostdeutsch-erotischer Frauenpower, den er bei der Ausgestaltung dieser Ermittlerfigur imaginiert hatte. Den sächsischen Dialekt hatte sich die junge Starschauspielerin für ihre Nebenrolle perfekt angeeignet und kommunizierte ihn mit lässiger Selbstverständlichkeit. Hubert B. hingegen war ihm zu mephistophelisch geraten. Al Brecht hätte sich einen Durchschnittsspießer gewünscht, der seine Frau betrügt und sich vom eigenen Fleisch und Blut erpressen lässt, bevor er ihm den Gar ausmacht. Ansonsten war er mit der Tatortfolge ›Sonnenkreuzung‹ überaus zufrieden und hatte beim Verlassen des Vorführraums bereits wieder eine Idee für einen neuen Roman.

»Nemm mich met«

Das Warmbronner Open Air war inzwischen eine Traditionsveranstaltung. Seit über fünfundzwanzig Jahren wurde an einem Juliwochenende die Wiese hinter der Festhalle zum Festivalgelände. Rock- und Soul-, Irish Folk-, Punk- und Heavy Metall-Bands aus Nah und Fern gaben sich ein Stelldichein. Das Publikum war entsprechend gemischt aus Jung und Nicht-mehr-ganz-jung, die Stimmung überwiegend friedlich und beschwingt, der Alkoholkonsum hielt sich in Grenzen. Vor negativen Begleiterscheinungen waren die Veranstalter, abgesehen von ein paar Diebstählen, kleineren Schlägereien und witterungsbedingten Kreislaufzusammenbrüchen, bisher weitgehend verschont geblieben. Die Security hatte die Lage stets unter Kontrolle gehalten, die Zusammenarbeit mit der Polizei verlief reibungslos. Auch das Wetter hatte in all den Jahren meist mitgespielt. Keines der Festivals war bislang wirklich abgesoffen. Ein kräftiges Sommergewitter oder ein Regenschauer zur Abkühlung gehörten einfach dazu.

Sick paar Daach renn ich nur noch römm, hypnotisiert vun dämm,
watt öm mich römm all affläuf un kriege nix mieh op de Reih,
doch dunn als ob, weil mir 't durchhänge keiner affkäuf
ick spell die Roll, die ich anscheinend spelle soll,
nur janz deef drinne, jährt et wigger, weet zo Ekel vüür mir selvs
dann mööch ich schreie, laut un endlos lang,
doch fing wie immer ene Grund, et nit ze dunn,
ich benn wohl bloß ze bang

In diesem Jahr konnte *BAP* als Top Act gewonnen werden, gesponsert vom ersten Radioprogramm des *Südwestdeutschen Rundfunks*. Der Live-Mitschnitt sollte drei Tage später im Nachtprogramm der *ARD* gesendet werden. Als Vorgruppe von

BAP würden die *Siffer* auftreten, eine Nachwuchs-Punk-Band aus der Region, die vor allem durch ihre Antifa-Songs auf sich aufmerksam gemacht hatten. »Nazis hamm 'ne Scheißfrisur« hatte es bis in die *SWR 3*-Charts gebracht, die Single-Auskopplung war in der Punkszene längst Kult. Entsprechend verhasst waren die *Siffer* in der rechten Szene. Auf der *Myspace*-Seite der Band waren im Blog schon üble Drohungen zu lesen gewesen, so auch jetzt, vor dem Festivalauftritt in Warmbronn:

»Scheiß Kanakenliebchen, wir machen Euch kalt! Vergasen sollte man Euch, elendes Geschmeiß! Eine Schande für Deutschland, pfui! Wir treten Euch in den Staub, aus dem ihr dereinst gekrochen seid, judifizierte Höllenbrut. Versifft, versaut, verschmockt – aber damit ist jetzt Schluss, ein für alle mal! Der nächste Auftritt wird euer letzter sein! Sieg Heil!«

Die drei *Siffer* hatten vor ihrem Auftritt Respekt, nicht nur wegen der Neonazis, vor allem wegen Wolfgang Niedeken und seiner Band, die seit über dreißig Jahren weit über den Kölner Raum hinaus für Furore sorgten. Sebastian Grau, Steffen Hellmer und Markus Rödinger waren schon Tage vorher wie hypnotisiert von der bevorstehenden Begegnung, liefen zwischen ihren Proben ziemlich planlos durch die Gegend und bekamen nichts mehr auf die Reihe. Ihren Freunden gegenüber gaben sie zwar immer noch die coolen Punks, aber in den dreien gärte es. Hatten sie Angst vor der eigenen Courage? War der Weg in die Bekanntheit wirklich der richtige? Polarisierten sie aus innerer Überzeugung oder war es der Reiz der Provokation an sich, der überdies in der Szene gut ankam? Sie diskutierten immer wieder intensiv miteinander, stritten darüber mit Freunden und Bekannten, waren als aufrechte Musiker auf der Suche nach dem eigenen Stil, dem aufrechten Gang – auch darin waren die Leute von *BAP* ihnen ein leuchtendes Vorbild.

Stattdessen fress ich en mich renn, bau Barrikade un Sandburje
uss Bedenken.
Ich graav mir 't Kreechsbeil uss un widder inn
– janz heimlich – weil ich mich nit jähn selvs kränke
denk hin un her un ich föhl mich unendlich leer, bess ich
irgendwo jet Blaues sinn, ne Lichtblick oder zwei
do mich durchschaus, mir wo 't langjönn künnt, zeichs
weil do die Landkaat bess, dü Schlössl häss, dä mich vun mir befreit

Der Tag des Auftritts war gekommen: Anfahrt nach Warmbronn, Instrumente ausladen, Aufbau, Soundcheck und Warten auf den Auftritt – eine Mischung aus angespannter Vorfreude, Nervenkitzel und Angst. Dann die erste Begegnung mit Niedeken und seinen Musikern: über die anfängliche Nervosität bei der Begrüßung halfen die Altrocker den *Siffern* schnell hinweg. Man kam nach wenigen Sätzen auf eine fachliche Gesprächsebene, unterhielt sich über musikalische Vorlieben, Erlebnisse bei Auftritten und zollte sich gegenseitig aufrichtigen Respekt.

Die Stars aus Köln waren auf die Nachwuchsmusiker bei einem Gig der *Siffer* aufmerksam geworden, den Grau, Hellmer und Rödinger in Bocklemünd gegeben hatten.

Niedeken mit *BAP* und einige andere Kölner Musiker hatten während der aufkommenden rechten Gewalt in den 90er Jahren die Antifa-Szene der Domstadt maßgeblich geprägt. »Arsch hu« war zum Kult-Song der Nazi-Gegner avanciert. So begegneten sich die Musiker politisch auf einer Wellenlänge, auch wenn sich die Transportwege ihrer Botschaft unterschiedlicher musikalischer Stilrichtungen bedienten.

Das Festival war bereits seit vorgestern im Gange. Das Wetter spielte mit, die Besucher waren guter Dinge, die Bands hatten ihnen bis hierhin ordentlich eingeheizt. Das Polizeiaufgebot vor dem Eingang des Open Air-Geländes war wegen der prominenten Künstler und der antifaschistischen Klientel für diesen Sonntag sicherheitshalber verstärkt worden. Im Backstage-Bereich und vor der Bühne hatte die beauftragte Sicherheitsfirma die Anzahl der Einsatzkräfte ebenfalls verdoppelt. Getarnte Neonazis, die die Veranstaltung hätten unterwandern können, waren bis dahin noch nicht aufgefallen. Das Kriegsbeil war also bislang nur verbal und virtuell ausgegraben worden.

Nemm mich met, einfach met, irgendwohin – wohin weiß ich nit.
Nemm mich met, nemm mich met, zeich se mir, falls et en
Richtung jitt.
Nemm mich met – nemm mich met

19.30 Uhr – Umbaupause vor dem Auftritt der *Siffer*: In den Publikumsblock vor der Bühne kam Bewegung. Junge Punks drängten nach vorn, einige ältere Besucher wichen zur Seite. Die Security vor der Bühne und innerhalb des ersten Blocks nahm Einfluss auf die Zuschauerströme, alles verlief ruhig und frei von Panik. 19.40 Uhr – die Techniker nahmen Gitarre, Bass und Schlagzeug ab und machten einen letzten Sound-Check, bevor Sebastian Grau sich als Bandleader der *Siffer* unter dem Jubel der Zuschauer hinter sein Schlagzeug setzte und mit einem ersten wilden Solo seine beiden Kollegen auf der Bühne zusammentrommelte. 19.45 Uhr – Gitarrist Steffen Hellmer und Bassist Markus Rödinger betraten die Bühne, das erste Stück »Gnadenlos« wurde angestimmt. Einige Fans aus den ersten Reihen grölten den Text mit und klatschten und stampften dazu im Rhythmus. Auch Headbanging war zu sehen. 19.57 Uhr – als dritten Titel stimmte Grau den Hit »Nazis hamm 'ne Scheißfrisur« an. Nach der ersten Strophe grölte ein Großteil der Punks den Refrain mit. 19.59 Uhr – kurz vor Beginn der zweiten Strophe sackte Steffen Hellmer an der Gitarre zusammen und stürzte kopfüber von der Bühne. Die beiden anderen Bandmitglieder unterbrachen das Stück, die ersten Fans schrien entsetzt auf. Sanitäter und Notärztin kamen binnen kurzer Zeit herbeigeeilt, versuchten mit Mund-zu-Mund-Beatmung und Herzmassage den Musiker wiederzubeleben und konnten letztlich nur noch den Tod des Gitarristen feststellen. Das Festival hatte eine tragische Wendung genommen und wurde von den Veranstaltern per Lautsprecherdurchsage abgebrochen. Viele Besucher waren geschockt, lagen sich weinend in den Armen, starrten ins Leere, schüttelten die Köpfe oder verließen zügig den Unglücksort. Der Auftritt von *BAP* war zuvor schon abgesagt worden. Niedeken war zu seinen jungen Kollegen geeilt und versuchte bei aller Hilflosigkeit Trost zu spenden. Jeder hinter der Bühne mühte sich irgendwie mit der unfassbaren Situation umzugehen.

Kumm, lommer flüchte, mit op Ecke stonn, op Wunder waade,
bess mer alt un grau sinn.
Weg tun Jerüchte, Stammdesch, Märsche, Minsche die
geföhllos, doch dofür jenau sinn.

Kumm, less uns uss der Hand, do steht wo, wie, vüür allem wann et lossjeht
russ uss dä Startlöcher, die ald lang jegraave sinn
wo ich drinn hocke, un annig Leeder sing
un Wööder sammle un vergammle, nemm mich met
Oh – nemm mich met dahin

Auf ein Wunder konnte keiner ernsthaft hoffen, Gerüchte machten indes schon bald die Runde. Es wurde gemunkelt, dass eventuell Drogenmissbrauch beim Zusammenbruch Hellmers eine Rolle gespielt haben könnte. Die *Siffer* waren keine Kinder von Traurigkeit und sprachen Alkohol und anderen Rauschmitteln durchaus zu. Von einem angeborenen Herzfehler war die Rede, der bis dato unerkannt geblieben war. Das konnten sich weder Grau noch Rödinger vorstellen. Sicher würde man erst nach einer Obduktion der Leiche manche Vermutungen ausschließen können.

Die Polizisten vor Ort untersuchten die Bühne, konnten aber zunächst nichts Auffälliges entdecken. Alles deutete auf Herzversagen auf offener Bühne hin. Einem Techniker fiel beim Abbau ein zweites Kabel auf, das an der Gitarre von Steffen Hellmer befestigt worden war. Neben der normalen Tonabnahme führte ein zusätzliches, separates Mikrokabel zum Gitarrenhals. Dort war ein kleines Mikro angebracht, das direkt auf den tiefen Saiten auflag. An der aufliegenden Seite entdeckte der Techniker ein Metallteil, das nach oben hin mit einem normalen Spuckschutz aus Schaumstoff abgedeckt war. Er erkundigte sich bei den Mitarbeitern des *SWR*, ob das Mikro für den Live-Mittschnitt von ihnen montiert worden sei. Der zuständige Hörfunktechniker verneinte mit dem Hinweis, dass die Abnahme der Gitarre direkt über das Mischpult für die Aufnahme verwendet worden wäre. Die Funktion des zweiten Kabels blieb zunächst rätselhaft. Beim Aufwickeln des Kabels führte der

Weg zu einem Adapter, an dessen anderem Ende ein Starkstromkabel befestigt war. Direkt hinter dem Adapter war ein Schalter in das Stromkabel eingeschleift. Mit dieser Konstruktion war es offenbar möglich gewesen, die Gitarre von Hellmer unter Strom zu setzen. Aus dem natürlichen Herzversagen wurde somit ein Attentat.

Kumm, mir wollen uns verste du, uns die Wunde lecke, die
noch nit vernarbt sinn,
Oreganoblööte plöcke, Stein bem weise Männer sööke, die verarmt sinn
en 'ner Mondstroß schwemme bei Minsche noh dänne
nie en Stroß benannt weed – nie – jeschweije denn en Stadt,
die trotzdämm wunschlos sinn un nit bloß satt.
Su nüdisch wie em Aurenbleck hann ich e Luftschloss lang nit
mieh jehatt.

Man leckte sich in der Tat die Wunden, der schmerzliche Verlust des sympathischen Musikers sorgte vor unter hinter der Bühne gleichermaßen für Entsetzen. Nun war der furchtbare Verdacht einer bewusst herbeigeführten Tötung aufgekommen, sodass umgehend die Stuttgarter Kriminalpolizei eingeschaltet worden war. Wertvolle Spuren waren bereits vernichtet, hunderte potentieller Augenzeugen verschwunden, denn niemand hatte unmittelbar nach dem Unglück mit einer solchen Wendung gerechnet.

Kriminalhauptkommissar Winfried Weniger traf am Tatort ein, als der sämtliches Festival-Flair bereits eingebüßt hatte und durch tief hängende Gewitterwolken inzwischen eine sehr düstere und bedrückende Atmosphäre verbreitete. In seiner Jugendzeit war er bei den Anfängen des Warmbronner Open Airs selbst im Publikum dabei gewesen. Ihn beschlich deshalb angesichts der Tristesse und der geschilderten Vorkommnisse ein seltsames Gefühl, das der gebotenen Professionalität bei der Aufnahme der Ermittlungen zu Beginn des Falles Hellmer zunächst im Wege stand. *BAP* hatte damals, Anfang der 80er Jahre schon in den Charts Erfolge gefeiert. An »Nemm mich met« konnte er sich noch fast wortwörtlich erinnern, obwohl er des Kölschen Platts eigentlich gar nicht mächtig war. Der Song hatte den Nerv der Zeit getroffen. Die Sehnsucht nach dem Überwinden des inneren Schweinehunds war wohl fast in jeder Generation gegenwärtig. In der Toskana hatte er damals tatsächlich blühenden Oregano gesehen, gepflückt und am Rückspiegel seines *Fiat Panda* hängend getrocknet. Mit Heike war er in den Semesterferien nach Italien gefahren – heiße Nächte am Strand, Chianti aus Pappkanistern, Joints und Heike an ihrer Gitarre, den feinen Sand zwischen den Zehen, Isomatten unter dem Sternenhimmel, Luftschlösser bauen und Augenblicke genießen. Und nun stand er vor dem Idol seiner Jugend und musste einen Mord an einem Bandmitglied der Vorgruppe von *BAP* aufklären.

»Kommissar Weniger von der Stuttgarter Kripo. Herr Niedeken, mir fällt es schwer, Sie zu den Vorfällen hier zu befragen. Als Leiter der Ermittlungen, aus denen bereits ein Fall geworden zu sein scheint, muss ich Sie dennoch bitten, mir Rede und Antwort zu stehen.« Weniger schaute sein berühmtes Gegenüber mit echtem Bedauern an.

»Isch bin fassungslos. So jet han isch no nie erlebt.« Dem Altrocker liefen Tränen über die Wangen. Die Befragungen Niedekens und seiner Band ergaben keine relevanten Informationen. Dazu war im Vorfeld des Auftritts nichts Verdächtiges vorgefallen und der persönliche Kontakt zu den *Siffern* schließlich erst ein paar Stunden alt. Weniger bedankte sich bei den Kölner Rockern und verkniff es sich, Niedeken um ein Autogramm zu bitten.

Nemm mich met, einfach met, irgendwohin – wohin weiß ich nit.
Nemm mich met, nemm mich met, zeich se mir, falls et en
Richtung jitt.
Nemm mich met – nemm mich met

Auf der Rückfahrt ins Präsidium fragte sich Kommissar Weniger, wer ein Interesse am Ableben Steffen Hellmers haben konnte. Man hatte ihn in Warmbronn bereits über die rechtsradikalen Drohungen im Internet informiert, sodass er seine Mitarbeiterin, Kriminalinspektorin Beatrice Remmlinger mit der Recherche auf den *Myspace*-Seiten und in diversen Blogs beauftragte.

»Vielleicht findest Du ja schon irgendwelche Erfolgsmeldungen.« Irgendwie hatte Weniger das Gefühl, dass die Richtung, die sie von Beginn an einschlagen würden, den Lauf der Dinge maßgeblich beeinflussen könnte. Und ein Gefühl Sicherheit in die richtige Richtung zu gehen hatte er nicht. Gleichwohl wurde Beatrice Remmlinger schnell fündig.

»Volltreffer. Schau' dir das einmal an!« Weniger betrachtete sich den Flachbildschirm auf Remmlingers Schreibtisch und glaubte seinen Augen nicht zu trauen.

»Der Ehrenrettung des deutschen Liedguts konnte heute durch einen göttlichen Akt der Säuberung zu einem entscheidenden Sieg verholfen werden. Die entarteten *Siffer* haben auf offener Bühne einen ihrer unwürdigen Krakeeler durch Herzstillstand verloren, der stümperhafte Klampfer Steffen Hellmer ist nicht mehr. Damit konnte auch der Auftritt der linken Kölner Mundart-Schwadroneure *BAP* um den Aufhetzer Niedeken verhindert werden. Sieg Heil!« Winfried Weniger bat seine Kollegin um einen Stuhl. Mit welcher Menschenverachtung und welcher fanatischen Verblendung musste jemand eigentlich ausgestattet sein, um unter dem unmittelbaren Eindruck der tragischen Ereignisse von Warmbronn ein solches Pamphlet im Netz in Umlauf zu bringen? Der Kommissar sah die Inspektorin fassungslos an und schüttelte stumm mit dem Kopf.

»Ich finde das Mitteilungsbedürfnis mancher Zeitgenossen sehr hilfreich.« Remmlinger verdutzte ihren Chef immer wieder.

»Wie meinst du das?« Weniger konnte es eigentlich nicht ausstehen, wenn seine Mitarbeiterin ihn in seine kombinatorischen Schranken verwies. Andererseits hatte er gerade deshalb vehement für Beatrice Remmlinger plädiert, als es um die Zuweisung eines neuen Kollegen in sein Team gegangen war. Weniger war seit zwei Jahren an kriminalpolizeilichen Fortbildungsveranstaltungen des Regierungspräsidiums Stuttgart beteiligt und so der jungen Kollegin zum ersten Mal begegnet. In dem Seminar über kriminalistische Ermittlungsarbeit war ihm Remmlinger als motivierte, intelligente Teilnehmerin aufgefallen, die das Querdenken als entscheidende Tugend in geforderten Problemlösungen hatte einbringen können.

»Der Verfasser weiß nichts von einem Attentat. Er schreibt von einem ›göttlichen Akt der Säuberung‹ durch ›Herzstillstand‹. Kein Wort von einer bewusst herbeigeführten Tötung durch Manipulation des Instruments. Das hätte er doch sicher nicht ausgespart, wenn er an dem Attentat aktiv beteiligt gewesen wäre.« Weniger zollte seiner jungen Inspektorin durch zustimmendes Kopfnicken Respekt.

»Dazu sind die Nazis viel zu eitel.« Das rechtsradikale Milieu schien sich also zumindest im Hinblick auf diesen Blog-Eintrag als die falsche Richtung zu erweisen. Und der Kriminalhauptkommissar war sich aus irgendeinem Grund sicher, dass auch andere Neonazis als Täter nicht infrage kamen.

Kumm, mir wollen uns verste du, uns die Wunde lecke, die
noch nit vernarbt sinn

»Die Kriminalpolizei bittet um Ihre Mithilfe...« Die Ermittler ließen am Dienstag über die Medien verbreiten, dass Augenzeugen des Warmbronner Open Airs dringend gesucht würden, die das Festival am vergangenen Sonntagabend besucht hatten. Eine ganze Reihe von Festival-Besuchern folgte dem Aufruf und meldete sich bei verschiedenen Polizeidienststellen der Region. Aus der Vielzahl von nachträglichen Hinweisen ergab sich langsam ein Bild der Ereignisse, die zumindest ansatzweise Rückschlüsse auf mögliche Verdachtsmomente zuließen. Die Suche nach der Stecknadel im Heuhaufen hatte begonnen.

Einige Besucher aus dem jüngeren Punk-Spektrum gaben an, dass sich weibliche Fans in den ersten Reihen während der ersten beiden Nummern der *Siffer* immer wieder seltsam angeblickt und zugenickt hätten. Mehrere Zeugen berichteten von einer jungen Frau, die während des Auftritts mit einem Handy telefoniert hätte. Sie habe nach dem Zusammenbruch Hellmers durch die Schockstarre der Fans hindurch zum Seitenausgang gedrängt und sei bereits vor der ersten Lautsprecherdurchsage verschwunden gewesen. Techniker des Backstage-Bereichs stimmten in einigen Beobachtungen überein. Ein jüngerer Mann in der Uniform der Sicherheitsfirma war bei der Überprüfung von Stromleitungen aufgefallen, weil das ja eigentlich nicht seine Aufgabe gewesen wäre. Auch dieser Mann war Minuten nach dem Unglück nicht mehr gesehen worden. Es war also durchaus möglich, dass zwei Komplizen vor und hinter der Bühne das Attentat vorbereitet und durchgeführt hatten. Die komplizierte Suche nach Namen und Kontaktdaten setzte ein. Gefahndet wurde nach jüngeren weiblichen Fans der *Siffer*, die vielleicht den Bandmitgliedern bekannt waren. Sebastian Grau und Markus Rödinger wurden von Beatrice Remmlinger befragt und die *Facebook*-Seiten der *Siffer* durchstöbert. Eine ganze Reihe von Namen und Bildern kamen dabei zusammen, deren Sichtung unter Umständen Wochen in Anspruch nehmen würde. Die Nachwuchsrocker waren in der Punk-Szene sehr beliebt.

Es folgte eine Überprüfung sämtlicher Mitarbeiter der beauftragten Sicherheitsfirma und eine nochmalige Befragung aller Licht- und Tontechniker des Veranstalters und des *SWR*. Zunächst wurden nach dem Zufallsprinzip Personen ausgewählt, die man zum Besuch des Festivals befragte. Teilweise bestätigten die Fans unabhängig voneinander andere Besucher am Sonntagabend im Besucherblock vor der Bühne gesehen zu haben. Mit Bildern wurden systematisch über dreißig weibliche Fans ausfindig gemacht, die sich in den ersten Reihen aufgehalten hatten. Zehn Personen konnten die Beobachtung einer telefonierenden jungen Frau bestätigen, die von zwei Personen übereinstimmend als Rita S. bezeichnet wurde. Die Rasterfahndung schien also Erfolge zu zeitigen.

Kumm, lommer flüchte, mit op Ecke stonn, op Wunder waade, bess mer alt un grau sinn.

»Grau hier. Mir ist gerade etwas eingefallen. Ich weiß nicht, ob es etwas zur Sache tut, aber nach unserem Auftritt in Bocklemünd vor einem Jahr, hatte Steff eine Affäre mit einem Mädchen. Sie hatte uns schon Wochen vorher über *Facebook* immer wieder Nachrichten geschickt, uns bei Proben besucht und hing an ihm, wie eine Klette. Steff hat…, hatte eine Freundin, Susi heißt sie. Die war wegen der Lady ziemlich genervt. Die ließ aber nicht locker, war richtig seltsam drauf. Und dann tauchte die ihn Bocklemünd auf einmal wieder auf und machte Steff solange schöne Augen, bis er sie mit auf sein Zimmer nahm. War wohl ein echter On-Night-Stand, jedenfalls versuchte Steff sie anschließend loszuwerden. Die zog dann auch ab und machte einen echt verzweifelten Eindruck. Wir haben ihn darauf angesprochen, aber Steff wollte nicht mehr über die Sache reden. Haben dann auch nichts mehr von der gehört…« Es entstand eine kurze Pause, die Weniger dazu nutzte, sich bei Sebastian Grau nach dem Namen der jungen Frau zu erkundigen.

»Hm, darüber denke ich auch schon die ganze Zeit nach, Renate oder so ähnlich, vielleicht auch Ricky, irgendwas mit ›r‹ glaube ich.«

»Könnte die Dame Rita heißen?« Weniger warf den Namen eher beiläufig ein.

»Möglich, aber sicher bin ich mir nicht. Vielleicht weiß Markus was.« Der Kommissar bedankte sich beim Bandleader der *Siffer* und wählte gleich darauf die Nummer des Bassisten Rödinger.

»Rita?! Das könnte sein, Steff hat mehrfach von einer Rita gesprochen. Muss so ’ne Art Stalkerin gewesen sein, jedenfalls war er ziemlich genervt von Mails und Anrufen. Das Mädel lebte wohl in einer Traumwelt, hatte sich in Steff verkuckt, wollte bei ihm sein und ließ sich über Wochen nicht abwimmeln. Ob das auch die war, mit der Steff nach unserem Gig in Bocklemünd in die Kiste hüpfte, kann ich nicht sagen. Er wollte danach nicht mehr über die Sache reden.« Die Erinnerungen der beiden Musiker ließen sich also durchaus zur Deckung bringen: einer Rita war Steffen Hellmer begegnet. Sie war wohl mehr als ein normaler Fan gewesen, hatte dem Gitarristen nachgestellt und unter Umständen eine kurze Affäre mit ihm gehabt. Krankhafte Eifersucht und Wahnvorstellungen konnten durchaus ein brauchbares Motiv für einen Mordanschlag abgeben. Remmlinger und Weniger waren sich einig, die Suche musste sich ab sofort auf Rita S. konzentrieren.

Grau und Rödinger wurden gebeten, sich die Bilder der jungen Frauen anzuschauen, die via *Facebook* mit den *Siffern* befreundet waren. Wahrscheinlich kommunizierte die gesuchte mutmaßliche Stalkerin unter Pseudonym, jedenfalls ergab Rita S. auch bei *Myspace* keinen brauchbaren Treffer.

nur janz deef drinne, jährt et wigger, weet zo Ekel vüür mir selvs
dann mööch ich schreie, laut un endlos lang,

Sollte die Stalkerin Rita S. heißen und in den Mordanschlag auf Steffen Hellmer verwickelt gewesen sein, dann war sie selbst hochgradig Selbstmord gefährdet und zu allem fähig. Die Gefahr musste also dringlich ein Gesicht bekommen und ausfindig gemacht werden. Die zwei Anrufer, die den Namen Rita S. ins Spiel gebracht hatten, wurden neuerlich ausfindig gemacht und ins Stuttgarter Präsidium gebeten. Kriminalinspektorin Beatrice Remmlinger konnte die Zeugenbefragungen kaum abwarten.

»Alles wird gut, nur keine Panik!« Der alte Hase Weniger hatte leicht reden. Ihm ging es doch selbst an die Nieren zu wissen, dass eine Verrückte da draußen herumirrte und jederzeit noch mehr Unheil anrichten konnte. Endlich kamen die beiden Zeugen zur Tür herein: Carolin Dederer und Maike Schlumberger, ein lesbisches Pärchen, das das gesamte Wochenende auf dem Warmbronner Open Air verbracht hatte.

»Woher kennen Sie Rita S. und was bedeutet das ›S‹?« Die beiden sahen sich Schulter zuckend an, als ob die Frage nach Selbstverständlichkeiten überflüssig wäre.

»Rita Schmid ist eine Bekannte von uns aus Leonberg. Wir haben sie am Sonntagabend zufällig vor der Bühne getroffen. Sie schien sehr aufgedreht zu sein, machte ständig an ihrem Handy rum und war nach dem Zusammenbruch des Gitarristen plötzlich verschwunden – eigenartig.«

»Ist Frau Schmid… hat sie ähnliche sexuelle Neigungen wie sie?« Die bei Weniger aufsteigende Schamesröte wurde von den beiden Homosexuellen durchaus bemerkt und mit einem leichten Schmunzeln quittiert.

»Nein, Rita ist Bi – da haben wir leider keine Chance«, grinste Carolin Dederer ihrer Freundin augenzwinkernd zu.

»Könnten Sie Rita Schmid auf einem Foto identifizieren?« Remmlinger bat die beiden Frauen sich Bilder auf ihrem PC im Nebenzimmer anzuschauen. Es waren viele Gesichter auf zahllosen Bildern in *Facebook* zu sehen, nur leider erkannten die Damen Dederer und Schlumberger auf keinem Rita Schmid aus Leonberg. Weniger hatte die Nummer gewählt, die er von Carolin Dederer erhalten hatte, aber es ging am anderen Ende der Leitung niemand an den Apparat. Eine Adresse war den beiden Zeuginnen nicht bekannt, besucht hatten sie Rita Schmid auch noch nie. Dann hatte Inspektorin Remmlinger eine Idee.

»Das ist Sie!« Maike Schlumberger hatte Rita Schmid auf einem Foto sofort erkannt.

»Klar, das ist Rita wie sie leibt und lebt.« Carolin Dederer bestätigte die Feststellung ihrer Freundin.

»Wo haben Sie das Bild auf einmal her?« Beatrice Remmlinger hatte eine Suchanfrage bei *Facebook* eingegeben: »Satir«.

Unter diesem Pseudonym waren einige Fotos im Profil abgelegt, auf denen Rita Schmid von den beiden Frauen eindeutig identifiziert werden konnte.

Nemm mich met, einfach met, irgendwohin – wohin weiß ich nit.
Nemm mich met, nemm mich met, zeich se mir, falls et en Richtung jitt.
Nemm mich met – nemm mich met

Als die Wohnung von Rita Schmid in der Breslauer Straße endlich ausfindig gemacht und aufgebrochen worden war, entdeckten die Beamten eine nackte Frauenleiche im blutroten Wasser der Badewanne. Die Pulsadern waren aufgeschnitten und der eingesteckte Föhn lag auf dem Bauch der Leiche. Kriminalhauptkommissar Weniger erkannte das leblose Gesicht sofort.
Zwei Wochen später wurde ein Mitarbeiter der Sicherheitsfirma verhaftet, dem zweifelsfrei durch hinterlassene Fingerabdrücke nachgewiesen werden konnte, die Gitarre Steffen Hellmers beim Auftritt der *Siffer* in Warmbronn um 19.59 Uhr auf Kommando von Rita Schmid unter Strom gesetzt zu haben. Das aufgefundene Handy von Rita Schmid lieferte mittels Anrufprotokoll eine erdrückende Beweislast.

Offenbarung

Der 30. Mai 2009 war ein strahlender Frühlingstag, die besten Plätze in der Unteren Burghalde 101 und 103 waren bereits besetzt. Von hier aus war mit dem Fernglas eine hervorragende Aussicht auf das Geschehen der Lohn für das geduldige Warten auf das besondere Ereignis. Campingstühle wurden exakt platziert, Bierflaschen machten die Runde – man war bereit. Um Punkt 15 Uhr war die Sirene des Sprengmeisters zu hören, dann sackten die vierzig Meter hohen Bürotürme der ehemaligen *Leonberger Bausparkasse* in sich zusammen und verschwanden mit der nun hörbaren Explosion in einer gewaltigen Staubwolke. Das einstige Vorzeigeunternehmen war bereits vor Jahren in wirtschaftliche Turbulenzen geraten, Baufinanzierer hatten sich einen erbitterten Preiskrieg geliefert. Die Großen schluckten die Kleinen und so war auch die ›Leo-Bau‹ 2001 von der Ludwigsburger Wüstenrot-Gruppe übernommen und sukzessive abgewickelt worden. Im August 2008 erwarb der Stuttgarter Investor Rudolf Häussler das Bausparkassenareal von Wüstenrot, nachdem die Stadt auf ihr Vorkaufsrecht verzichtet hatte. Die Häussler-Gruppe kündigte an, 80 Millionen Euro in ein hochwertiges Wohnareal für Wohnen, Arbeiten und Einkaufen zu investieren. Im November 2010 wurde der Bebauungsplanentwurf vom Gemeinderat gebilligt.

»Des håd net gscheid funktioniert.« Bestätigendes Kopfnicken machte die Runde. Rentner Mayer sprach das inzwischen Offensichtliche aus: die Sprengung des Nordflügels war nur teilweise geglückt. Die oberen Stockwerke ragten wie die Kommandobrücke eines havarierten Containerfrachters aus der immer noch beeindruckenden Staubwolke empor. Er sah sie mit ernster Miene an, sie verzog ihre Mundwinkel zu einem nervösen Lächeln.

Die *Stuttgarter Zeitung* berichtete am Tag darauf: Eine Stunde nach dem großen Knall beantwortete Gerhard Peters von der *Wüstenrot Haus- und Städtebau GmbH* als Auftraggeber des rund drei Millionen teuren Abrisses die wichtigste Frage zuerst: »Die Standsicherheit des Gebäudes ist nicht gefährdet.« Die Sprengung sei zwar nicht ganz erfolgreich gewesen, »aber wir sind nicht unzufrieden.« Der Restabbruch erfolge nun konventionell mit Langarmbaggern. Der Sprengmeister Lothar Knapp hatte keineswegs damit gerechnet, dass ein Teil des Gebäudes stehen bleibt. Wäre sein Plan aufgegangen, hätte das obere Ende des Nordbaus in westlicher Richtung kippen müssen. »Doch die Geometrie war ungünstig, der Nordbau hat sich nicht so verhalten, wie wir erhofft hatten. Die Stützen haben frühzeitig versagt und es ist zum Kollaps gekommen«, analysierte Knapp. 200 Kilogramm Sprengstoff seien absolut ausreichend gewesen. Davon ist Knapp trotz der Panne überzeugt. »Hätten wir ihn auf noch mehr Stockwerke verteilt, hätte das Gewicht gefehlt, das von oben drückt«, so Knapp. Bereits während der einmonatigen Vorbereitungszeit war er sich der Herausforderung bewusst gewesen. »Die Pläne des Gebäudes sind veraltet und stimmen vorne und hinten nicht.« Während also der Südbau planmäßig in sich zusammenfiel, war der Trümmerberg des Nordbaus am Ende zehn Meter höher als geplant. »Als Sprengmeister kann ich damit nicht zufrieden sein, mein Ego ist schon etwas angekratzt, weil wir immer den Anspruch haben, perfektionistisch zu sein«, sagte Knapp mit einem gewissen Schalk in den Augen. Sie ließ die Zeitung langsam sinken, schaute ins Leere und wusste in diesem Moment, dass er gefunden werden würde.

Es war eine peinliche und überaus gefährliche Situation für den Abrissunternehmer Fürchtegott Engel. Seine Firma *Schotter-Engel* hatte seit Wochen im Fokus der öffentlichen Aufmerksamkeit gestanden, ihre Vorbereitungen waren argwöhnisch beobachtet worden. Es gab nicht wenige Leonberger Bürger, die sich über die Abrissaktion mokierten. Angesichts zunehmender Armut im Land, war ihnen die Vernichtung von intaktem Wohn- und Arbeitsraum nicht plausibel zu machen gewesen. Der Druck lastete auf der *Wüstenrot AG*, die sich um eine möglichst reibungslose und schnelle Abwicklung bemüht hatte. Und nun war, für alle sichtbar, die spektakulärste Aktion der Abrissarbeiten teilweise gescheitert. Eine neuerliche Sprengung kam nicht in Betracht, da niemand das Risiko akut einstürzender Wände und Decken des fragilen Gebäudetorsos kalkulieren konnte und wollte. So musste mit langen Greifarmen riesiger Bagger in langwieriger Kleinarbeit Stück für Stück aus dem verbliebenen Gebäudeteil herausgebrochen werden. Die Stahlbetonmatten wurden von wagemutigen Abrissspezialisten durchgeflext. Zeitaufwändige, nervenaufreibende, nicht einkalkulierte Mehrarbeit, die Engels Unternehmen an den Rand des Ruins trieb. Denn das Risiko hatte seine Firma übernommen, um an den vormals lukrativen Auftrag zu gelangen. Sie standen am Bauzaun und vergewisserten sich. Das fragliche Stockwerk hatte der Sprengung standgehalten. Es war also nur noch eine Frage der Zeit.

Zurück in ihrer Wohnung, machte sie den Rechner an und gab bei Wikipedia das Stichwort ›Leonberger Bausparkasse‹ ein. Es gab dafür keine plausible Erklärung. Vielleicht wollte sie ihren Gemütszustand mit historischen Fakten beruhigen. Sie las:

»Der aus Eltingen (heute ein Stadtteil von Leonberg) stammende Missionar Christian Röckle (1883-1966) gründete 1924 in Leonberg den *Christlichen Notbund zur gegenseitigen Hilfe*. Um die Wohnungsnot zu lindern, kam eine Baugenossenschaft mit einer Abteilung für Baugeldsparverträge auf gemeinnütziger Grundlage hinzu. Sie wurde am 27. Februar 1929 in einen selbstständigen Rechtsträger umgewandelt, die *Creditgenossen-*

schaft des Christlichen Notbundes zur gegenseitigen Hilfe eGmbH (CCN). Diese nahm ihren Betrieb in zwei gemieteten Räumen an der Steinstraße in Leonberg auf. Darlehen wurden nur zweckgebunden vergeben. 25 Bausparer bekamen 264.800 RM zugeteilt, das erste Bausparhaus wurde gebaut. Im Zwiespalt zwischen Evangelisation und Unternehmertum schied Christian Röckle jedoch 1932 aus dem Vorstand aus.«

Im Zwiespalt zwischen Evangelisation und Unternehmertum… Sie ging in die Küche, setzte Wasser auf. Der Mensch und seine Mission. Andere bekehren um das eigene Seelenheil zu erwerben – Ablasshandel, Gottgefälligkeit, Glaubenseifer oder doch nur eine Art sportlicher Wettbewerb. Mit dem ersten Schluck verbrannte sie sich den Mund, fluchte laut, hielt inne und kehrte an den PC zurück.

»Ende 1929 hatte die CCN 458 Mitglieder, ein Jahr später 2779. Aus der Creditgenossenschaft wurde 1930 die *CCN-Bausparkasse*, die ein Verwaltungsgebäude an der Silberbergstraße bezog. 1934 änderte das Unternehmen seinen Namen in *Leonberger Bausparkasse eGmbH* und zog in einen Neubau an der Lindenstraße um.

Die Bausparreform im Jahr 1938 beschränkte das Arbeitsgebiet der Bausparkassen auf die Befriedigung des nachstelligen (heute: nachrangigen) Realkreditbedarfs. Dadurch verkleinerte sich der Finanzierungsanteil der Bausparkassen an dem einzelnen Objekt. Die Bausparreform hatte eine Konzentration der Branche zur Folge.

Vier Bausparkassen schlossen sich 1939 der Leonberger Bausparkasse an: die *Vaterhaus-Bausparkasse* GmbH aus Pforzheim, die *Kosmos-Bausparkasse* AG aus Stuttgart, die *Bausparkasse Germania* AG aus Köln und die *Bausparkasse Das Heim* eGmbH aus Krefeld.

Bereits 1933 hatte sich die *Volkshilfe-Bausparkasse* eGmbH, Stuttgart, mit der Leonberger Bausparkasse zusammengeschlossen.

Das Unternehmen nutzte die Konzentrationsbewegung, um die Genossenschaft in eine Aktiengesellschaft umzuwandeln. Zu diesem Zweck wurde das Aktienkapital der *Kosmos-Bausparkasse* erworben und die Firma der Aktiengesellschaft in *Leonberger Bausparkasse* geändert. Mit dieser wurden zunächst die *Vaterhaus-Bausparkasse* GmbH und die *Bausparkasse Germania* AG verschmolzen. Schließlich übernahm die neue Leonberger Bausparkasse die Bestände der *Bausparkasse Das Heim* und der früheren Genossenschaft. Durch diese Transaktionen wurde das Geschäftsvolumen der Leonberger etwa verdreifacht.

Großaktionär der neuen Leonberger Bausparkasse war die Allgemeine Rentenanstalt (ARA) ein Unternehmen der *Württembergischen Lebensversicherungs AG* in Stuttgart.

Trotz des Zweiten Weltkriegs steigerte die Bausparkasse ihr Neugeschäft von 1939 bis 1943 kontinuierlich, obwohl der private Wohnungsbau fast zum Erliegen kam. 1944 wurde das Niveau des Vorjahres noch fast gehalten. Das Unternehmen erklärte sich diese Entwicklung damit, dass viele Bausparer während des Krieges Kapital ansammeln wollten, um nach Kriegsende sofort mit dem Bau eines Eigenheims beginnen zu können. Nur im Jahr 1945, in dem Deutschland zunehmend zum Kriegsschauplatz wurde, brach das Neugeschäft ein.«

Sie hatten mit den Nazis unter einer Decke gesteckt, das hatte sie schon vorher gewusst. Es war aber immer wieder überraschend, welche Informationen man im Internet finden konnte. Dutzende von Freaks, die mit Akribie und Fleiß Informationen virtuell zusammentrugen. Fluch und Segen von Web 2.0, der mitunter über Wohl und Wehe von Ministerkarrieren entscheiden konnte. Eher aus Versehen traf sie mit dem Cursor den Reiter ›Versionsgeschichte‹ und stieß auf das Pseudonym ›Al Capone‹ mit dem letzten Eintrag vom 28. Mai 2009. Das konnte kein Zufall sein – ›Al Capone‹, sie war sich ziemlich sicher: Er musste bis kurz vor seinem Ende an der Historie gearbeitet haben. Weiter im Text:

»Bereits 1946 erreichten die Neuabschlüsse einen neuen Höchststand. Um die Wohnungsnot der Nachkriegszeit schnell zu lindern, bot die *Leonberger* Wohnsparverträge an. Sie spielten auch bei der Finanzierung der ersten Eigentumswohnungen eine Rolle. In der Nachkriegszeit war das Unternehmen die letzte noch richtig börsennotierte Bausparkasse. Durch die Währungsreform 1948 schrumpfte die Bilanzsumme auf 12 Millionen DM, stieg jedoch bis Ende 1953 wieder auf rund 100 Millionen DM. Bei der Währungsreform waren Bausparguthaben durch das Umstellungsverhältnis 10:1 besser behandelt worden als gewöhnliche Spareinlagen.

1954 feierte die Bausparkasse ihren 25. Geburtstag mit etwa 60.000 Bausparern und einem Vertragsbestand von 665 Millionen DM. Im Innendienst waren mittlerweile mehr als 200 Mitarbeiter, im Außendienst mehr als 300 Mitarbeiter beschäftigt. Den Außendienst unterstützte die *Leonberger Bausparkasse* durch ständige Eigenheimschauen in größeren Städten, die neben der Werbung neuer Bausparer auch der Beratung der Bestandskunden dienten.

Allein im Jahr 1958 stieg das Neugeschäft um 48,2 % gegenüber einer durchschnittlichen Zunahme aller Bausparkassen von 36,3 %. Der Gesamtvertragsbestand erhöhte sich auf fast 160.000 Verträge mit über 2,5 Mrd. DM Bausparsumme.

1959 wurde die *Leonberger* zum Depositengeschäft zugelassen. Die Werbung für das Spargeschäft wurde zunächst sehr zurückhaltend betrieben, da die Bausparkasse mit diesem Geschäftszweig den Banken Konkurrenz machte, die ihre größten Fremdgeldlieferanten waren. Die Buchhaltung wurde auf Lochkarten umgestellt, der Innendienst rationalisiert und modernisiert.

Im Jahr 1961 war die Leonberger Bausparkasse die drittgrößte der 17 privaten Bausparkassen. Sie hatte einen Marktanteil von 10,5 Prozent. Die ständige Steigerung der Baupreise veranlasste die Leonberger im Jahr 1961 zu dem Vorschlag, im Wohnungsbau mehr vorgefertigte Bauteile zu verwenden. Bei Versuchsbauten in Köln seien so 15 bis 20 Prozent der reinen Baukosten eingespart worden.

Ein Rekordergebnis erzielte das Institut 1966. 77.055 Bausparverträge wurden neu abgeschlossen. Die Bilanzsumme stieg auf 1,5 Milliarden DM. Ein Jahr später kam es durch die rückläufige Konjunktur und die Auswirkungen des Steueränderungsgesetzes 1966 zu einem drastischen Rückgang der Neuabschlüsse.

Von 1974 an traten die *Württembergische Feuerversicherung AG*, die *Württembergische Rechtsschutzversicherung AG*, die *Allgemeine Rentenanstalt* (ARA) und die *Leonberger Bausparkasse AG*, unter einem einheitlichen Gruppennamen auf. Für 1974 berichtete die *Leonberger Bausparkasse* von einem Neugeschäft mit 119.000 Verträgen. Das haftende Eigenkapital betrug 88,661 Millionen DM. Seit Einführung der Deutschen Mark hatte die Bausparkasse 460.000 Wohnungen mit 12,415 Milliarden DM finanziert.«

Denn ihre Sünden reichen bis in den Himmel, und Gott denkt an ihren Frevel. Immer wieder war sie voller Zweifel: waren sie auf dem rechten Weg und war das Rechte wichtig? Machte sie sich nicht mit allem etwas vor? Sie war Zeugin geworden, Zeugin eines Verbrechens aus Überzeugung. Zeugen leiten ihren Glauben von ihrem Verständnis der Bibel ab. Sie enthält die von Gott durch Inspiration offenbarte religiöse Wahrheit. Die Ältesten legen die gültige Lehre fest. Darüber hatten sie sich erhoben. Sie las weiter:

»1979, also 50 Jahre nach ihrer Gründung, beschäftigte die *Leonberger* mehr als 2.400 Mitarbeiter und hatte eine Bilanzsumme von etwa 5,3 Milliarden DM.

1984 wurde die *Leonberger Immobilien GmbH* als Immobilienvermittlungstochter gegründet, 1986 ging die *Leonberger* als erste Bausparkasse an die Börse.

Im Trend zum Allfinanzkonzern der späten 80er Jahre beteiligte sich die *Commerzbank* 1988 an der *Leonberger Bausparkasse*. Die beiden Großaktionäre *Commerzbank* und *Allgemeine Rentenanstalt* hielten jeweils 39,9 Prozent des gezeichneten Kapitals, der Rest entfiel auf etwa 1100 Aktionäre im Streubesitz. Die *Leonberger* war die viertgrößte private Bausparkasse in der Bundesrepublik.

1991 erlebte die *Leonberger Bausparkasse* das bis dahin erfolgreichste Neugeschäft ihrer Firmengeschichte mit 173.563 neuen Bausparverträgen, davon 55.571 in den neuen Bundesländern. Das Unternehmen hatte in den neuen Bundesländern einen völlig neuen Außendienst mit dort ansässigen Mitarbeitern aufgebaut. Die Aktionäre profitierten von dem Ergebnis durch die dritte Dividenden-Erhöhung in Folge.

Als Schritt in Richtung auf den europäischen Binnenmarkt eröffnete die *Leonberger Bausparkasse* 1991 in Luxemburg ihre erste Auslandsniederlassung, die allerdings vier Jahre später wieder geschlossen wurde.«

Sie dachte an ihr Einstellungsgespräch mit Eberle im August 1988. Nun begann ihre Geschichte. Er hatte sie namenlos aufgeschrieben.

»Ende 1998 trennte sich die *Commerzbank* nach zehn Jahren von der *Leonberger Bausparkasse*. Die *Württembergische Versicherungsgruppe* (Stuttgart) übernahm ihre Anteile. Damit verfügte die *Württembergische* über mindestens 80 Prozent der Stimmrechte.

1999 wurde die *Leonberger Bausparkasse* ein Teil des neuen Finanzkonzerns *Wüstenrot & Württembergische AG* (W & W), der aus der Verschmelzung der ehemaligen *Württembergischen Versicherungsgruppe* mit der *Bausparkasse Wüstenrot* entstand. *W & W* kündigten eine beabsichtigte Fusion der beiden Bausparkassen an. Der Konzern hielt bereits rund 95% der Leonberger-Anteile. Der Jahresüberschuss 1999 von 23,9 Millionen DM wurde vollständig an die Aktionäre ausgeschüttet, die Dividende stieg von 18 auf 28%.

Im August 2000 fusionierten zunächst die Immobilientöchter *Wüstenrot Immobilien GmbH* und *Leonberger Immobilien GmbH* zur bundesweit tätigen *Wüstenrot Leonberger Immobilien GmbH.*

Im letzten Jahr ihres Bestehens behauptete die *Leonberger Bausparkasse* ihre Marktposition, der Außendienst war im Bauspargeschäft erfolgreicher als im Branchendurchschnitt. Mit rund 110.000 Verträgen über Bausparsummen von 3,3 Milliarden DM stellte das Unternehmen einen neuen Zuteilungsrekord auf. Der Jahresüberschuss stieg auf 42,1 Millionen DM.

Im Jahr 2001 fusionierte die *Leonberger Bausparkasse AG* mit der Bausparkasse *Wüstenrot AG.* Die Hauptversammlung hatte der Fusion am 17. Juli 2001 zugestimmt. Die Aktien wurden im Verhältnis 1:1 umgetauscht. Die „neue“ *Wüstenrot Bausparkasse AG* war damit um rund ein Drittel größer als zuvor. Mit über drei Millionen Kunden, 3,5 Millionen Bausparverträgen mit 77 Milliarden Euro Bausparsumme und über 3400 Innendienstmitarbeitern in Ludwigsburg, Leonberg und in den Filialen sowie rund 3100 selbstständigen Außendienstpartnern war das Unternehmen die drittgrößte Bausparkasse in Deutschland hinter *Schwäbisch Hall* und *BHW* mit einem Marktanteil von rund 12 %. Innerhalb des Konzerns *W & W* galt die Bausparkasse als der einzige bedeutende Ertragsbringer.

Die rund 900.000 Kunden der früheren *Leonberger Bausparkasse* wurden zunächst von einem *Leonberger Beratungsservice* betreut. Im Jahr 2003 verschwand die Marke *Leonberger* endgültig, der Schriftzug am Bürohochhaus wurde durch *Wüstenrot* ersetzt. 360 Mitarbeiter durften noch einige Jahre in Leonberg bleiben, Ende Juni 2008 zogen die letzten Arbeitsplätze nach Ludwigsburg um. Im Frühjahr 2009 wurde dann damit begonnen, den Standort Leonberg komplett aufzulösen. Mehrere Gebäude wurden abgebrochen, weitere sollen folgen.«

Sie klickte auf den Reiter ›Bearbeiten‹ und machte noch eine kleine Ergänzung:

»Bei der Sprengung des Hauptgebäudes unterlief allerdings ein Fehler, denn ein großer Teil des oberen Gebäudeteils stürzte nicht ein und blieb als riesige Betonruine auf dem Schuttberg stehen.«

Als Nutzername trug sie ›Al-Kai-Ida‹ ein, fuhr den PC herunter und ging zum vereinbarten Treffpunkt.

»'N schön' gud'n Ab'nd wünsch isch, Herr Inschbegdor.« Winfried Weniger erkannte den Zungenschlag der jungen Kollegin Jaqueline Prokowitz vom Leonberger Revier nicht nur wegen seines kriminalistischen Spürsinns auf Anhieb. »Mir ham da 'ne Leische gefund'n, die sieht ni gud aus. Under de Drümmer is die gelesch'n auf'm Baupargassnareal, nu Se wiss'n schon.« Ja, Weniger wusste, wollte aber nichts davon wissen. Schließlich hatte er eigentlich Feierabend. Eigentlich, aber was hieß das schon in diesem sch… önen Job. »Ist gut, ich komme.« Weniger schrieb seiner neuen Freundin Cosima Häberle auf dem Weg zum Wagen eine Kurzmitteilung auf seinem Mobiltelefon – sehr kurz, denn der Inspektor gehörte definitiv nicht zur ›Generation Handy‹ und tat sich entsprechend schwer mit der ›Tipptechnik 9‹: »Fahre n. Leo. Sehn uns vlt. Später. W«

»Der kennt au amål sein Gruschd ausraima.« Isolde Mayer ärgerte sich über den überquellenden Briefkasten ihres Nachbarn. Nun lagen die Zeitschriftenstapel schon auf der Treppe. Das war doch sonst nicht seine Art. Und überhaupt hatte die rüstige Rentnerin den gut aussehenden Mann schon seit längerem nicht mehr getroffen. »Ha, dem wird doch nix bassiert sei?!« Sprach's und schlurfte Achsel zuckend mit der *Leonberger Kreiszeitung* unter dem Arm die Stufen zu ihrer Wohnung retour.

Weniger traf am Fundort der Leiche ein, bekam einen Bauhelm verpasst und die strikte Order sich dicht hinter dem Abrissexperten von *Schotter-Engel* zu halten. Anscheinend war die Standsicherheit des Gebäudetorsos doch nicht so ungefährdet, wie Peters von *Wüstenrot* den Presseleuten vor zwei Wochen hatte Glauben machen wollen.

»Was iss'n das da für 'ne Zeitschrift?« Die frisch gebackene Polizeihauptwachtmeisterin Prokowitz kniete neben der Leiche und schaute den eingetroffenen Leiter der Ermittlungen fragend an. Weniger erläuterte, nachdem er das Cover des neben der Leiche liegenden Heftes in Augenschein genommen hatte, in knappen Sätzen, was er vom missionarischen Kampfblatt der Zeugen Jehowas wusste. »Und der *Wachturm* lag neben dem Toten?« »Nu glaub'n Se etwa, isch hädde den da hingeschmuggeld oder was?« Jaqueline Prokowitz setzte ihren herzhaft sächsischen Konter genau zwischen Wenigers merklich gehobene Augenbrauen.

»Ha, so an Sembl, der hätt doch kenna simsa, wo 'ner nåchher någåht!« Cosima Häberle schüttelte ihr blondiertes Haupt und wusste, dass es momentan keinen Zweck haben würde, ihren Winfried via Mobiltelefon zu kontaktieren. Er war im Dienst und damit für sie außer Reichweite – zumindest ohne Empfang, denn sein Diensthandy hatte er unter Garantie auf lautlos geschaltet. Häberle warf ihr Handy auf ein Kissen, ließ sich auf ihre Wohnzimmercouch fallen und war sauer auf Weniger und seinen Job. Sie hatte sich so auf den ersten gemeinsamen Abend nach fast einer Woche gefreut. Sie gab ihrem Hund Bello ein Leckerli und kraulte ihn am Hals. Da klingelte es an der Tür.

»Grüß Gott Frau Häberle, hättn's vielleicht a paar Minuten Zeit?« Zwei Zeugen Jehovas gingen mit missionarischem Eifer nach Feierabend von Haustür zu Haustür.

»Mir kaufet nix!« Energisch hängte die säuerliche Cosima den Hörer ihrer Sprechanlage auf die Gabel. Die Frau vor der Tür trug das nächste Kreuz auf ihrer Liste der verlorenen Schäfchen ein und nickte vielsagend.

Weniger blätterte mit einwegbehandschuhten Fingern im *Wachturm* des Opfers herum und blieb in der Mittelseite bei der Johannes-Offenbarung hängen: *Und darnach sah ich einen andern Engel herniederfahren vom Himmel, der hatte eine große Macht, und die Erde ward erleuchtet von seiner Klarheit. Und er schrie aus Macht mit großer Stimme und sprach: Sie ist gefallen, sie ist gefallen, Babylon, die große, und eine Behausung der Teufel geworden und ein Behältnis aller unreinen Geister und ein Behältnis aller unreinen und verhaßten Vögel.*

»Der war wohl auch so ein verhasster Vogel…« befand Weniger und tütete den *Wachturm* vorschriftsmäßig ein.

»Ham 'se was gesacht?« Wachtmeisterin Prokowitz schaute den Inspektor fragend an. Der winkte ab, die atheistische Ostsozialisation seiner Kollegin war für ihn keine Hilfe bei der Beantwortung seiner apokalyptischen Frage. Das Opfer hatte weitere Exemplare des *Wachturms* in einer Umhängetasche bei sich, ein Personalausweis oder sonstige Hinweise auf seine Identität waren hingegen nicht auffindbar.

»Müssen sich *Wachturm*-Verkäufer nicht ausweisen können?« Weniger wurde stutzig.

»Nu freilisch müssen die das. Sonst wern die doch hops genomm.« Prokowitz' Hang zur unsächsischen Übertreibung schlug wieder einmal durch. Es wurde für Weniger jedenfalls mehr als wahrscheinlich, dass der unbekannte Tote kein zufälliges Opfer der missglückten Sprengung war.

»Was meinen Sie, Prokowitz? Wer könnte unser Unbekannter sein?« Weniger sah die junge Kollegin mit verkniffenen Augen an. Die Altersweitsicht gebot Abstand zum betrachteten Subjekt und Jaqueline Prokowitz war dafür entschieden zu dicht vor Wenigers Objektiv.

»Nu, da ham w'r noch ni würglisch ville. Wer tut 'n solsche gomischen Zeidschrifdn v'rglopp'n?« Weniger rollte seine trüben Linsen kurz gen Himmel, bemühte aber gleich darauf seine rheinische Kinderstube und erklärte der ahnungslosen, jungen Kollegin die Hintergründe des *Wachturm*-Verkaufs, soweit er sich das zusammen reimen konnte.

»Der Zweck der Herausgabe des *Wachtturms* besteht darin«, erklärte der Inspektor »Jehova, also Gott als den höchsten Herrscher des Universums zu ehren. Soweit ich weiß, werden seit Anfang der 1990er Jahre alle Veröffentlichungen der Zeugen Jehovas kostenfrei an interessierte Leser abgegeben. Entweder wurden unserem Freund hier die Zeitschriften untergeschoben oder aber er war tatsächlich ein Zeuge Jehovas.«

Weniger dachte auf dem Rückweg ins Revier laut nach: »Wieso konnte ein Unbekannter unerkannt in das Gebäude eindringen und im Vorfeld der Sprengung übersehen werden?«

»Das wundert Sie doch ni würglisch, wert'r Kollesche?« Die Hauptwachtmeisterin ging neben ihm die Stufen an der Georgiihalle hinauf zur Gerhart-Hauptmann-Straße. Das Leonberger Revier befand sich keine zweihundert Meter vom Tatort entfernt. Prokowitz hatte wahrscheinlich recht. »Angenommen, es handelt sich bei dem Toten um einen ehemaligen Mitarbeiter der *Leo-Bau*.« Weniger ging seinem Gedanken weiter nach. Wurden da im Zuge der Abrissarbeiten alte Rechnungen beglichen? »Nu basteln s'e doch ni ständisch an solschn V'rschwörungsdeorien.« Prokowitz vergaß manchmal die Hierarchie, was Weniger nicht unsympathisch war. Der Hauptkommissar verabschiedete sich gedankenverloren Kopf nickend von seiner jungen Kollegin im Revier und fuhr zur Wohnung von Cosima Häberle.

Die Begrüßung fiel erwarteter Maßen frostig aus. Die Freundin haderte mit Wenigers Dienstzeiten und seiner sparsamen Informationspolitik ihr gegenüber. Den Wortlaut der ausgetauschten Freundlichkeiten sparen wir uns an dieser Stelle. Das Viertele

Schwarzriesling jedenfalls schmeckte keinem von beiden, von Gemütlichkeit oder gar inniger Zweisamkeit konnte keine Rede sein. Dazu war Häberle zu angesäuert und Weniger zu sehr mit seinem Fall beschäftigt. So beließ man es beim schweigenden Nebeneinander. Dann:

»Vorhin waret zwoi Zeuga an d'r Haustür. Die hanne glei zom Deifl gjagt, um dia Uhrzeit, ha i glaub 's gåht los!« Schweigen.

Der Kriminalhauptkommissar kam auf seine ›Verschwörungstheorie‹ zurück: Gesetzt den Fall der Tote war ein ehemaliger Bausparkassen-Mitarbeiter, der bei Kollegen in Ungnade gefallen und von ihnen beseitigt worden war. Die Täter konnten unmöglich davon ausgehen, dass die Leiche nicht gefunden würde. Aller Schutt wurde schließlich abtransportiert. Also sollte man den Toten finden, begraben unter den gesprengten Trümmern des Gebäudes, mit dem *Wachturm* in der Hand. Wahrscheinlich war der Ermordete dort abgelegt und mit den Heften drapiert worden. Vielleicht fand sich in der *Wachturm*-Ausgabe ein Hinweis.

Der Anruf aus der Gerichtsmedizin bestärkte Wenigers Hypothese. Der Tote war nicht von herabstürzenden Trümmern erschlagen worden, sondern seine Leiche wahrscheinlich kurz vor der Sprengung im präparierten Gebäude abgelegt worden. Aller Wahrscheinlichkeit nach war der Mann zuvor erwürgt worden. Außerdem hatte er zur Tatzeit annähernd zwei Promille Alkohol im Blut.

Wenigers Ermittlungen waren nur ein randständiges Detail. Es machte die Sache irgendwie rund. Der Kriminalhauptkommissar hatte ihnen in seinen Leonberger Zeiten das Missionieren auf städtischer Gemarkung untersagt und mit einem Verfahren wegen Hausfriedensbruchs gedroht. Sie hatte in Erfahrung bringen können, dass Weniger mit Cosima Häberle liiert war und deren Adresse bekommen.

»Magst mit raufkommen?« Er erkannte ein kaum wahrnehmbares Zucken in ihrem Augenwinkel und folgte der Einladung gerne. Viel hatte sich nicht verändert, seit er das letzte Mal in ihrer Wohnung gewesen war. Seltsam, das war inzwischen Jahre her. In den Zeiten inniger Nähe hatte er hier gewohnt. Durch die offene Schlafzimmertür sah er das akkurat gemachte Doppelbett. Wann wurde es zum letzten Mal benutzt?

»Magst a Glasl Wein ham?« Sie hatte inzwischen eine Kerze angezündet, ihre Augen blitzten, man hätte annehmen können, es handle sich um eine romantische Begegnung zweier Unbescholtener. Weder der religiöse Eifer noch die mörderische Raffinesse, die beide an den Tag gelegt hatten, passten so recht zu dieser Situation.

»Gerne.« Man kam sich näher, prostete sich zu, eine hormonelle Mixtour aus abfallender Anspannung nach den Aufregungen der letzten Tage und zunehmender Erregung zwischen alten Bekannten, die sich keine Mühe gaben ihr sexuelles Verlangen zurückzuhalten.

»Magst mitkommen?« Die Schlafzimmertür fiel zu.

»Zeugen, sagst Du?« Weniger ging zur Garderobe und zog ein Exemplar des Wachturms aus seiner Jackentasche.

»Haben d'r Herr Kommissar doch noch ein Ohr für mich?« Er nickte automatisch, blätterte im Wachturm, blieb wieder bei der Johannes-Offenbarung hängen: *Denn von dem Wein des Zorns ihrer Hurerei haben alle Heiden getrunken, und die Könige auf Erden haben mit ihr Hurerei getrieben, und die Kaufleute auf Erden sind reich geworden von ihrer großen Wollust…*

Minuten später: »Wie sahen die Zeugen denn aus?«

»Also Winfried, woisch! Entweder v'rzählsch m'r jetzt endlich, was de heut gmacht håsch. Oder Du läsch es und nå läsch mi aber bidde au in Ruh'!« Weniger schaute sie erwartungsvoll an.

»I han 'se nett gsäa, bloß gsprocha. Sie hått an bayrischa Akzent ghet, glaub i.« Schlagartig hatte der Kriminalhauptkommissar das Bild einer ganz bestimmten Zeugin Jehovas vor Augen. Sie hatte seinerzeit bei ihm auf dem Revier gesessen, zusammen mit ihrem Kompagnon. Er hatte ihr unverhohlen mit einer Klage gedroht, falls sie sich jemals wieder auf Leonberger Gemarkung blicken lassen sollten. Schumacher oder so ähnlich – Namen waren nicht unbedingt Wenigers Stärke. Der Griff zum Mobiltelefon, die Schnellwahltaste ›Prokowitz‹.

»Sie, da hab isch keen blassen Dunst. Soll isch'n die Agde ma raussuch'n?« Das würde vielleicht eine erste Spur ergeben, hoffte Weniger. Mehr eine vage Vermutung, ein eher unwahrscheinlicher Zufall – bayrische Missionshausiererinnen gab es wahrscheinlich mehr als eine.

»Mågsch no a Vierdele?« Häberle stand mit versöhnlich anmutender Miene hinter ihm und hielt die halbleere Flasche Trollinger in der Hand.

»Nein danke.« Weniger wartete und war über seine Nervosität selbst etwas erstaunt.

»Nå halt net!« Es klingelte.

»Ida Schirmacher hieß die! War übrigens 'ne ehemalische Midarbeiderin bei d'r Bauschbargasse.« Schirmacher – Weniger nickte – und ihr Kompagnon…

»Kai Biebrischer, 'n Kollesche von d'r Frau Zeugin.« Richtig – Biebricher, der Kommissar hatte von beiden ein klares Bild vor Augen,

»Vielen Dank, Frau Kollegin.« Weniger legte auf und memorierte, was er über die beiden wusste. Sie kannten sich seit vielen Jahren. Schirmacher hatte in leitender Funktion in der Personalabteilung der *Leonberger Bausparkasse* gearbeitet und war 2001 aus dem Unternehmen ausgeschieden. Biebricher hatte 1992 bei der adretten Frau aus Oberbayern vorgesprochen, sich erfolgreich um eine Ausbildungsstelle bei dem einstmals renommierten Finanzdienstleister beworben. Sie waren sich auf Anhieb sympathisch gewesen: Biebricher – fleißig, intelligent, engagiert, selbstständig, mitdenkend – ein Muster-Azubi, selten in Bankenkreisen, auch damals schon. Schirmacher hatte ihn professionell geführt – zunächst ausschließlich beruflich, später durchaus auch privat. Die Zeugin Johavas hatte sein Weltbild zu verändern gewusst. Biebricher war keine drei Monate nach Beginn seiner Ausbildung konvertiert und assistierte seitdem seiner Ex-Chefin Schirmacher bei der Straßenmission. Den missionarischen Eifer des Duos hatten manche Bürgerinnen und Bürger als lästig empfunden und sich bei der Polizei beschwert. Weniger, damals noch Inspektor in Leonberg, hatte sie zur Rede gestellt und ihnen unverhohlen mit einer Anzeige wegen Hausfriedensbruchs gedroht, sollten sie ihre Erweckungsversuche im Stadtbezirk fortsetzen. Dabei erinnerte er sich noch genau an das Funkeln in Schirmachers stahlblauen Augen – irgendetwas zwischen Verachtung, Vernichtung und ewigem Fegefeuer… und an ihr devotes Einverständnis einige Augenblicke später, sich fürderhin in Leonberg nicht mehr zu betätigen.

»Jetzt gerne« Cosima Häberle schaute verdutzt auf das leere Glas, das Weniger ihr entgegenstreckte.

»Mit Herrn Schneider, ja genau. Können Sie mich bitte verbinden?« Weniger hatte beim Ludwigsburger Wüstenrot-Konzern einen ehemaligen Mitarbeiter ausfindig gemacht, der in der Personalabteilung der *Leonberger Bausparkasse* gearbeitet hatte. Die Sekretärin in Schneiders Vorzimmer, war nicht von der allerschnellsten Sorte.

»Guten Morgen Herr Schneider, Weniger mein Name.« Der Rest war schnell erklärt. Weniger bat Karl Schneider in die Stuttgarter Gerichtsmedizin. Vielleicht gab es eine kleine Chance, so den unbekannten Toten zu identifizieren.

Um die Mittagszeit entriegelte Dr. Bleicher die Türe und zog die Pritsche mit dem Unbekannten aus dem Kühlschrank.

»Alfred Eberle« Schneider nickte entschieden mit dem Kopf, hielt sich die Hand vor den Mund und musste sich abstützen.

»Alles in Ordnung?« Weniger hatte das schon häufiger erlebt: Angehörige oder Bekannte gaben sich noch kurz vorher entschlossen und klappten angesichts der Leblosigkeit auf der Bare zusammen. Schneider bat um ein Glas Wasser und setzte sich schwerfällig auf den Bürostuhl im Nebenraum.

»Dr. Alfred Eberle, wir nannten ihn den ›Al Capone‹ vom Heckengäu. Er war ein gewiefter Bausparfuchs, ein Finanzjongleur. Als ich in die Firma kam, war er in der Personalabteilung, später dann wechselte er in die Produktentwicklung. ›Der Leonberger Weg‹, das war im Wesentlichen seine Idee. Im Oktober 1990 führten wir einen neuen Bauspartarif ein, der in der Branche Maßstäbe setzte. Das *System Leonberger Weg* löste das starre Tarifmodell ab, bei dem sich Bausparer bereits beim Vertragsabschluss auf eine bestimmte Variante ihrer Baufinanzierung festlegen mussten. Der neue, flexible Tarif gab den Kunden die Möglichkeit, bis zwei Monate vor der Zuteilung noch wesentliche Parameter ihres Bausparvertrags zu ändern.

Statt bisher sieben möglichen Vertragsvarianten eröffnete der *Leonberger Weg* mehr als 200 Kombinationsmöglichkeiten, die der Kunde auch rückwirkend ohne Mehrkosten ändern konnte. Der Preis der Flexibilität war eine erhöhte Abschlussgebühr. Ziel des neuen Tarifmodells war die Öffnung des europäischen Binnenmarkts im Jahr 1993.

Eberle hat immer sehr auf seine blütenreine, weiße Weste geachtet. Durch alle Wirrungen der Halb- und Schattenwirtschaft hindurch, in deren Machenschaften er tief verstrickt war.« Weniger machte sich Notizen.

»Warum wurde so eine Kapazität nicht von Wüstenrot übernommen?« Schneider zuckte mit den Schultern.

»Genau kann ich das nicht sagen. Da müssten Sie wohl noch ein paar Etagen weiter oben nachfragen. Es ging seinerzeit das Gerücht um, Eberle wäre ein hohes Tier bei den Zeugen Jehovas.«

»Bei den Zeugen Jehovas?« Der Kommissar setzte sich aufrecht hin.

»Wissen Sie zufällig etwas über Ida Schirmacher und Kai Biebricher?«

»Sicher. Eberle hat die Schirmacher in den späten achtziger Jahren in das Unternehmen geholt. Damals war er ja noch in der Personalabteilung. Die hat er systematisch aufgebaut. Man vermutete eine Affäre zwischen den beiden. Er hat sie auch mit seinem Jehova-Zeugs rumgekriegt. Schirmacher wiederum hat Biebricher in das Unternehmen geholt. Er war ein Jungspund, absolvierte bei uns seine Ausbildung und war der Adlatus von Schirmacher und fing auch mit dem Jehova-Mist an. Sie taten geheimnisvoll, Genaues wusste niemand. Nach dem 11. September 2001 waren die Drei bei uns ›Al-Kai-Ida‹ – Al Eberle, Kai Biebricher und Ida Schumacher.«

Also doch, es gab einen Zusammenhang mit dem Toten und zwei Zeugen Jehovas, die wohl bis heute in der Straßenmission tätig waren.

»Vielen Dank, Sie haben uns sehr geholfen.« Weniger verabschiedete sich von Schneider und Bleicher.

»Warum machen wir das alles eigentlich?« Er hatte seinen Arm um ihre Schulter gelegt und musste gähnen. Die wohlige Müdigkeit danach.

»Was moanst'n da damit?« Sie legte ihren Kopf zur Seite und schaute ihn an.

»Na, das hier – dass wir miteinander ins Bett steigen, ausgerechnet jetzt. Ich meine…«

»Passt dir was net?« Er nahm seinen Arm zu sich, setzte sich auf. Die eigenartige Romantik der letzten zwei Stunden war dahin.

»Nein, nein. Es ist nur… ich meine…« Konfusion seiner Gedanken. Er hasste das, hasste sich für diese Momente fehlender Klarheit. Sie war da anders: kühl, berechnend, sachlich, weniger emotional.

»Wieso musste er weg?« Er mühte sich um Ordnung in seinem Kopf, um Orientierung. Ihm war das Plausible, Folgerichtige seines Tuns der letzten Tage abhanden gekommen. Er ahnte, dass sein Weg bis hierher ein Irrweg gewesen war, irreparabel, verkehrt, unverzeihlich. Und doch notwendig, zwangsläufig, folgerichtig. Es passte nichts zusammen und war doch logisch, irgendwie.

Sie schmiegte sich an ihn, legte ihren Kopf auf seine Brust und erklärte es ihm noch einmal.

»*Denn deine Kaufleute waren Fürsten auf Erden; denn durch deine Zauberei sind verführt worden alle Heiden. Und das Blut der Propheten und der Heiligen ist in ihr gefunden worden und all derer, die auf Erden erwürgt sind.*« Weniger ließ den *Wachturm* sinken und dachte nach. Er war aus der Stuttgarter Gerichtsmedizin wieder zurück zum Leonberger Revier gefahren und hatte sich eines der *Wachturm*-Exemplare vorgenommen. Konnte es sein, dass die *Johannes-Offenbarung* das Drehbuch für ein Verbrechen war? Der tote Eberle war erwürgt worden. Er war Geschäftsmann gewesen, ein kleiner König – ›Al Capone vom Heckengäu‹. Und was hatten die *Zeugen Jehovas* damit zu tun? Der *Wachturm* war bei dem Opfer drapiert worden. ›Al-Kai-Ida‹, ein seltsames Gefüge, fast drei Generationen, beschäftigt in einem Unternehmen, Mitglieder einer Sekte. Wie hatten sie zueinander gestanden?

»Und darnach sah ich einen andern Engel herniederfahren vom Himmel, der hatte eine große Macht, und die Erde ward erleuchtet von seiner Klarheit. Und er schrie aus Macht mit großer Stimme und sprach: Sie ist gefallen, sie ist gefallen, Babylon, die große, und eine Behausung der Teufel geworden und ein Behältnis aller unreinen Geister und ein Behältnis aller unreinen und verhaßten Vögel.«

War es denkbar, dass Untergebene der Straßenmission einen der Ältesten beseitigt hatten? Die missglückte Sprengung Babylons, der mächtige Engel, das Bausparkassengebäude ein Behältnis aller unreinen Geister – Weniger ertappte sich beim wilden Assoziieren. So muss es den ›Erweckten‹ ergehen, dachte er – überall Verbindungen zwischen Verheißung und vermeintlicher Wirklichkeit. Man musste kein Prophet sein um zu ahnen, dass eine Menge Verblendung und Aberglauben im Spiel war.

»Denn von dem Wein des Zorns ihrer Hurerei haben alle Heiden getrunken, und die Könige auf Erden haben mit ihr Hurerei getrieben, und die Kaufleute auf Erden sind reich geworden von ihrer großen Wollust. Und ich hörte eine andere Stimme vom Himmel, die sprach: Gehet aus von ihr, mein Volk, daß ihr nicht teilhaftig werdet ihrer Sünden, auf daß ihr nicht empfanget etwas von ihren Plagen!«

Der Wein des Zorns – hatte Eberle nicht über zwei Promille im Blut gehabt? Geld ist eine Hure, das steht schon in der Bibel. Weniger konnte nicht anders, er knüpfte weiter.

»Denn ihre Sünden reichen bis in den Himmel, und Gott denkt an ihren Frevel. Bezahlet sie, wie sie bezahlt hat, und macht's ihr zwiefältig nach ihren Werken; und in welchem Kelch sie eingeschenkt hat, schenkt ihr zwiefältig ein.«

»Magst a Glasl Wein ham?« Sie hatte sich ihren Bademantel übergezogen und war auf dem Weg in die Küche. Er sah ihr nach. Sie brachte eine weitere Flasche und zwei frische Gläser ohne seine Antwort abzuwarten und hielt ihm einen Korkenzieher hin.

»Der Oide war doch eifersüchtig auf di.« Das hatte sie ihm in den letzten Wochen immer wieder gesagt, ohne dass es für ihn glaubwürdiger geworden wäre. Wieso ausgerechnet auf ihn, den kleinen Lehrling? Das wollte ihm nicht in den Kopf.

»Der hat mi doch im Sack g'habt, verstehst. Schwanger bin i gwehn vo eam, woast as doch.« Er schenkte beiden ein, sie hoben die Gläser, schauten sich kurz an und tranken den ersten Schluck. Ja, er wusste.

Und trotzdem erzählte sie ihm die alte Geschichte. Wie sich der Alte freizukaufen versucht hatte. Wie sie sein Geld genommen und abgetrieben hatte. Wie er sich kurz darauf hatte in die Produktentwicklung versetzen lassen.

»Dann bist Du kemma.« Sie hatte ihn eingestellt, sich in den Jungen verliebt, hatte ihn für sich und ihre Überzeugungen, für ihren Glauben gewonnen. Er war ihr ergeben gewesen, ausgeliefert, willenlos untertan – bis heute.

Und er hatte sich in sie verliebt, in eine ältere, sehr attraktive, anspruchsvolle Frau, seine Vorgesetzte, die er hatte beeindrucken wollen. Er, der Lehrling hatte auf einmal viel, sehr viel Geld nötig gehabt.

»Wieviel sie herrlich gemacht und ihren Mutwillen gehabt hat, so viel schenket ihr Qual und Leid ein! Denn sie spricht in ihrem Herzen: Ich sitze als Königin und bin keine Witwe, und Leid werde ich nicht sehen. Darum werden ihre Plagen auf einen Tag kommen: Tod, Leid und Hunger; mit Feuer wird sie verbrannt werden; denn stark ist Gott der Herr, der sie richten wird.« Inspiration zur Interpretation – Weniger war kein gläubiger Christ, war eher der rationale Typ, war es gewohnt sich auf seinen Verstand zu verlassen, Fakten zu prüfen. Das Hermeneutische lag ihm fern, aber in diesem Fall konnte er sich der

Sogwirkung des Hineindeutens in den vorliegenden Wortlaut nicht entziehen. Und er passte auf eine so beängstigende Art und Weise zu den bislang bekannten Fakten, dass die Versuchung sich die unbekannten Zusammenhänge über die Leerstellen im Text zu erschließen überhand nahm.

»Und es werden sie beweinen und sie beklagen die Könige auf Erden, die mit ihr gehurt und Mutwillen getrieben haben, wenn sie sehen werden den Rauch von ihrem Brand; und werden von ferne stehen vor Furcht ihrer Qual und sprechen: Weh, weh, die große Stadt Babylon, die starke Stadt! In einer Stunde ist ihr Gericht gekommen.«

Was hatte es mit Babylon auf sich? Weniger drehte sich zum PC und klickte sich zur *Wikipedia*-Seite ›Leonberger Bausparkasse‹. Dort las er, was wenige Stunden vorher eine ehemalige Mitarbeiterin der Personalabteilung bereits zur Kenntnis genommen und aktualisiert hatte: »Bei der Sprengung des Hauptgebäudes unterlief allerdings ein Fehler, denn ein großer Teil des oberen Gebäudeteils stürzte nicht ein und blieb als riesige Betonruine auf dem Schuttberg stehen.« Hätte er die ›Versionsgeschichte‹ von *Wikipedia* geöffnet, wäre seine Vermutung zur Gewissheit geworden.

»Wie konnte ich nur so blöd sein?« Seine Zunge hatte sich gelöst, Alkohol und Oxytocin taten ihre Wirkung. Er haderte einmal mehr mit der eigenen Hybris. Im Büro des Alten Geld zu klauen um ihr imponieren zu können. Das war Sünde und hatte letztlich alles zunichte gemacht. Man hatte ihn gefilmt, hatte ihn zur Rede gestellt. Der Alte hatte die Sache diskret gehandhabt, hatte ihm die sofortige Kündigung gegen Stillschweigen aufgezwungen und er war noch am selben Tag aus dem Unternehmen ausgeschieden. Warum hatte er ihr das nie erzählt?

»Wie moanst jetzt des?« Sie setzte sich auf und zog die Decke über ihre Brust. Er schaute sie mit glasigen Augen an, fühlte sich ertappt, wie schon so oft. Sie konnte offenbar seine Gedanken lesen, meinte er zumindest. Doch nun geschah das Erstaunliche. Statt abzuwinken, oder sein bekanntes ›Nichts-nichts‹ zu erwidern, gab er sich einen Ruck und sagte ihr zum ersten Mal die Wahrheit: wie er ihr hatte imponieren wollen, wie er ihr zu Gefallen von seinem Glauben ab- und ihrem zugefallen war. Seine Schultern begannen zu zucken, er weinte und ließ seinen Gefühlen freien Lauf.

»Was hätte ich denn machen sollen? Was? Du hast eine Klasse, die ich mir nie hätte leisten können, verstehst du?« Ihre Lider senkten sich, sie verstand.

»Du kummst mir net aus, Spatzl!« Sie lächelte und war sich ihrer Macht bewusster denn je. Ihre Fingerspitzen bahnten sich einen verführerisch langsamen Weg seinen Nacken hinauf. Sie kraulte seine Haare, seine Verzweiflung wandelte sich in neuerliche Erregung. Doch auch seine Libido konnte die Beichte nicht stoppen. Er flüsterte vor Wollust zuckend in ihr Ohr vom Geld des Alten in dessen Büro, vom Diebstahl, der Videoüberwachung, seinem Rauswurf.

Sie waren sich einig gewesen: der Alte hatte sein Leben verwirkt. Er hätte sie im Namen des Herrn weiter gequält, sie erpresst und moralisch unter Druck gesetzt. Besessenheit, verletzter Stolz und Rachegelüste waren hier eine unselige Allianz eingegangen.

Weniger telefonierte nach der Identifizierung der Leiche mit dem Leonberger Notariat und erfuhr von einem Testament des Ermordeten, zu dessen Eröffnung eine gewisse Ida Schirmacher geladen werden sollte. Er suchte in der Akte Schirmacher-Biebricher die Adresse heraus und fuhr mit Polizeihauptwachtmeisterin Prokowitz umgehend in die Schleiermacherstraße.

»Weniger von der Kripo Stuttgart.« Schirmacher erbat sich drei Minuten zum Ankleiden und öffnete die Türe erst, als sich

Kai Biebricher in Klamotten auf dem rückwärtigen Balkon ihrer Wohnung versteckt hatte.

»Frau Schirmacher, es tut uns leid Sie behelligen zu müssen, aber ihr ehemaliger Chef und Kollege Dr. Alfred Eberle ist tot – ermordert.« Weniger beobachtete das Minenspiel seines Gegenübers genau. Das Entsetzen im Blick, die Schreckensstarre, das geschockte Sich-setzen – es schien der Mittvierzigerin nahe zu gehen, ihre Performance wurde nur durch das Poltern einer umfallenden Gieskanne auf dem Balkon gestört.

»Herr Biebricher, Sie hier?« Der Mann war sichtlich geschockt und ließ sich auf den freien Stuhl neben Ida Schirmacher sinken.

»Ich muss Sie bitten mitzukommen.«

Bis zum Tag der Testamentseröffnung hatte die Fassade Schirmachers den faktischen Angriffen des Ermittlers standgehalten. Obwohl die Verbindung zwischen den Verdächtigen und dem Opfer klar war und auch ein Motiv plausibel erschien, waren die angebliche Loyalität zu ihrem geistigen Oberhaupt und die fehlenden klaren Indizien zur Überführung der beiden vermeintlichen ›Tat-Zeugen‹ der Kitt, der das Gebäude ihrer Behauptungen zusammengehalten hatte.

»Frau Ida Schirmacher, geboren am 27.03.1964 in Großhadern, wohnhaft in der Schleiermacherstraße in Leonberg, sie erhalten aus dem Vermögen des Verstorbenen eine geldwerte Summe in Höhe von zweihunderttausend Euro.« Nun war das Entsetzen unter Schirmachers perfektem Make-up echt.

»Aber…« Die Fassade zeigte Risse, bröckelte und stürzte schließlich in sich zusammen.

»Weh, weh, die große Stadt, in welcher wir reich geworden sind alle, die da Schiffe im Meere hatten, von ihrer Ware! denn in einer Stunde ist sie verwüstet. Freue dich über sie, Himmel und

ihr Heiligen und Apostel und Propheten; denn Gott hat euer Urteil an ihr gerichtet! Und ein starker Engel hob einen großen Stein auf wie einen Mühlstein, warf ihn ins Meer und sprach: Also wird mit einem Sturm verworfen die große Stadt Babylon und nicht mehr gefunden werden.« Weniger setzte seine Lesebrille ab und schlug den *Wachturm* zu.

»Sie geben also zu, Dr. Alfred Eberle am Abend des 28. Mai 2009 in ihre Wohnung gelockt zu haben. Sie haben ihn mit Wein abgefüllt und ihr ehemaliger Kollege und Partner Kai Biebricher hat den volltrunkenen Eberle in ihrem Wohnzimmer erwürgt. Anschließend haben Sie die Leiche in der Nacht zum 30. Mai auf das Abrissgelände der Leonberger Bausparkasse gebracht. Sie kannten das Gebäude und wussten, wo Eberle bis zur Sprengung unentdeckt bleiben konnte.« Schirmacher hatte ihren Blick gesenkt. Das Labor hatte nachgewiesen, dass die Fingerabdrücke am Hals des Opfers eindeutig von Kai Biebricher stammten, an den *Wachturm*-Heften waren auch Spuren von Schirmacher gefunden worden.

»Sie wollten Eberle bei der Sprengung unter einem Schuttberg begraben sehen. Einer zerquetschen Leiche hätte man die wahre Todesursache nicht mehr anmerken können. Und dieser *Wachturm* hier, die Offenbarung nach Johannes Kapitel 18, war ihr Drehbuch.« Weniger hob das Corpus Delicti in die Höhe.

Alle Beteuerungen Ida Schirmachers, nichts von dem Erbe gewusst zu haben, nutzten nichts. Sie wurde abgeführt und abgeurteilt, genauso wie der geständige Kai Biebricher.

Der Hafer sticht

Ein Pferdekrimi

Am 15. Februar des Jahres 1684 gab Herzog Friedrich Karl von Württemberg sein Einverständnis zur Durchführung eines Pferdemarktes, der dem Amtstädtchen Löwenberg vor allem wirtschaftlich wieder auf die Beine helfen sollte. Das tut hier allerdings wenig zur Sache. Fast 327 Jahre später jedoch, am 8. Februar des Jahres 2011, hat man bei der 240. Auflage des Marktes ein Pferd vor der Löwen-Apotheke auf das Belgische Pflaster kotzen sehen. »Man« war in diesem Fall zunächst ein anderes Pferd, genauer: ein Schwarzwälder Kaltblut, Hengst Hippokrates vom Bauern Kächele aus Perouse. Der belesene Leser weiß es: Pferde können sich nicht übergeben, weil zwischen Magen und Speiseröhre ein Schließmuskel sitzt, der die Bewegung des Speisebreis nur in eine Richtung zulässt. Hinzu kommt der lange Hals. All dies verhindert normalerweise das Brechen des geplagten Vierbeiners, weshalb es viel eher zu den berüchtigten Koliken kommt. In extremen Fällen – kaum ein Tierarzt hat so etwas je mit eigenen Augen gesehen – wenn der Darm des Pferdes völlig verstopft ist, kann zwar auch ein Pferd kotzen. Allerdings übergibt sich das Pferd dann durch die Nasenlöcher und nicht durch das Maul. Somit ist dieser Fall – und darum handelt es sich, wenn man die metaphorische Lesart außer Acht zu lassen gewillt ist – in höchstem Maße erklärungsbedürftig. Und wer könnte dies besser als der Zeuge selbst, der nun aufgerufen wird, der achtjährige Kaltblüter Hippokrates:

»Ja also, Gott, was soll i då saga? D'Hermine [besagter Gaul, der sich vor jener Apotheke erleichterte – Anm. d. Berichterstatters] håt vielleicht a bissle viel gfrässa ghet, was woiß i. Se war jedafalls näba mir nabonda gwea.«

Zur Erläuterung der Szenerie sei ergänzt, dass die Pferde an jedem zweiten Dienstag im Februar vormittags an zuvor errichteten Holzstangen auf dem Marktplatz angebunden stehen und den Handel, die vorbeidrückenden Streichelattacken und die in der Regel saukalte Witterung über sich ergehen lassen müssen.

»Ja, soll i jetzt verzähla oder edd? Emmer des altkluge Gschwätz aus em Off! Also, d'Hermine on i sen zamma gschdanda on hen so gschwätzt mitanand'r, ab on zua a Gosch voll Hafer gschlotzt, woisch ja, wie's isch.«

Wir können uns das rossige Tête-à-Tête lebhaft vorstellen, ja.

»Werd bloß edd ov'rschähmt, i sag dr's. I glaub', mi tritt an Gaul…! Nå isch d'r Alte komma on håt mi losbonda zom Gassi ganga. Woisch, wie'n i moin? En d'r Kloschd'rschdråß wetzt der äwill mittam Strickle vor m'r her und i derf em nåchsaua fir so a alberns gelbs Fähnale, wo n'r mir danåch an Halfd'r schdeckd.«

Die Prämierung ist Teil des Pferdehandels, der bis heute per Handschlag besiegelt wird.

»Du bisch an reachd'r Klugscheißer! Nix isch g'handelt worra, desch'd ällas bloß Schau. D'Hermine kenn i halt vo frieher. Mir sen zamma bei s'Kächeles uffgwachsa. Nå isch se verkauft worra, an da Röckles Karle vo Eldenga. Wie n'i wieder zrick komma be, tribbeld se ganz nerves nuff on na, wie wenn se d'r Hafer geschdocha hätt. Wahrscheins håt se sich auf dem bleda Pflaschd'r irgend ebbas in da Huf neig'rammt g'het. Ab'r d'r Röckles Karle isch an reachd'r Seggl. Der blickt's uff koim Aug, ährlich. Der schlait am Gaul lieb'r oins uff d'Gosch nuff. Då be i saumäßig zorig worra on wollt dem Bauraseggl an Tritt gea. Aber d'r Alte håt me wiaschd zrickzoga on abonda.«

Der Beschützerinstinkt eines echten Gentleman. Wir überspringen an dieser Stelle den getreuen Wortlaut hippokratischer Schilderungen und raffen das Erzählenswerte aller infrage kommenden Varianten des Tathergangs leserfreundlich zusammen.

Höchst fragwürdig dürfte Variante A anmuten: ›Wenn einen der Hafer sticht‹ heißt eine bekannte Redewendung, die besagt, dass jemand sich übermütig gebärdet. Pferde, denen zuviel Hafer verabreicht wird, bekommen Verdauungsprobleme und werden in der Folge unruhig. Dadurch sind sie schwer zu bändigen. Unbestätigten Gerüchten zufolge soll Hermine an einer Hafer-Gerste-Maisallergie gelitten haben. Da sie nun, wie Kronzeuge H. zu Beginn dieser Geschichte ausführte, in Unkenntnis oder bewusster Verdrängung ihres gesundheitlichen Problems, ihre Schnauze immer wieder in einen Hafersack gesteckt hatte, konnte es nach einiger Zeit tatsächlich zu einer allergischen Reaktion gekommen sein. Hermine ließ sich deshalb das leidige Getreide noch einmal durch den Kopf gehen.

»Ha des wär m'r aber scho längschd amåle uffgfalla, dass d'Hermine koin Hafer v'rtrechd. Die schlotzt gern amåle an Fud'rbeidl leer, des glaubsch aber. Kennsch du da ›Hafer- und Bananenblues‹? Alderle, i sag d'rs, deesch d'r Hit! S'Äffle und s'Pferdle hen seinerzeit des Liedle gsonga: ›Hafer, das ischt, was man haben muss. Er macht das Traben trabenswert, ohne ischt man nur ein halbes Pferd.‹ Recht hen'se!«

Die Werbeikonen des Süddeutschen Rundfunks haben in den Achtziger Jahren das Lieblingsfressen geradezu hymnisch besungen, sodass, nach dieser Aussage des Zeugen H., eine Haferintoleranz bei Hermine wohl nahezu auszuschließen ist.

»Genau!«

Einem anderen Gerücht zufolge, wurde Hermine gegen zehn Uhr von einem riechbar angetrunkenen Passanten mit einem deftigen Stück Thüringer Rostbratwurst gefüttert. Was die Gäulin als eingefleischte Grasfresserin bewogen haben sollte, ihr Maul zu öffnen und die ostdeutsche Fleischspezialität zu verkosten, das dürfte auch dem kaltblütigen Hengst H. schleierhaft vorkommen. Fütterwütige Zweibeiner drängten für gewöhnlich in Scharen an den Pferden vorbei. Möglich, dass ein besoffener

Grasdackel darunter gewesen war, der sein Würstchen der nervösen Stute unter ihre Nüstern gehalten und diese im Anflug rossiger Umnachtung in die Fressfalle gebissen hatte. Nun, das Pferd überlebte, das Erbrochene wurde keiner kriminaltechnischen Untersuchung unterzogen und so wird diese Variante B unter der Rubrik Legendenbildung einzuordnen sein…

»War auch dem kaltblütigen Hengschd H. schleierhaft… Ha, Du bisch vielleicht an reachd'r Schwätzer. So an Lokäs han i selda g'hehrt: Rossbrådwurschd! Mir sen doch koine Kanibala, sondern aschdreine Vegetarier, Du Sembl!«

Es ist der sonderbaren narrativen Gestaltung dieses Pferdekrimis geschuldet, dass sich der Kronzeuge H. immer wieder ungefragt zu Wort meldet, den Erzählfluss ins Stocken bringt und den Erzähler in seiner unvollkommenen Allwissenheit entlarvt.

»Genau!«

Zur Erläuterung von Variante C muss an dieser Stelle ein kleiner Exkurs zum tieferen Sendungsbewusstsein des werten Lesers angeführt werden. Der Südwestrundfunk ist regelmäßig mit seinem Hörfunkprogramm SWR 4 Baden-Württemberg beim Leonberger Pferdemarkt zur Stelle. Auch 2011 war vor dem Alten Rathaus auf dem Leonberger Marktplatz eine kleine Bühne errichtet worden, die Lifeberichterstattung startete um zehn Uhr. Honoratioren der Stadt wurden interviewt, Passanten grüßten und grinsten in die Mikrophone. Anschließend baute sich die Stadtkapelle auf der Bühne auf und intonierte in blasmusikalischer Semiperfektion den »Fehrbelliner Reitermarsch« von Richard Henrion. Just in diesem Moment wurde die Stute Hermine von Besitzer Karl Röckle aus Eltingen höchstpersönlich am Halfter an der SWR-Bühne vorbeigeführt. Ob der musikalische Feinsinn des Vierbeiners zu einer Kolik geführt, der leicht taktversetzte Beckenschlag des Heizungsinstallateurs Erwin Hägele den Auswurf des Pferdes provoziert hatte oder der schräge Ansatz des ersten Trompeters Dieter Breimeier – niemand konnte das mit Bestimmtheit sagen. Jedenfalls erleichterte sich die Stute direkt vor dem Eingang der Löwenapotheke.

»Guggamusik, elendige! Da kåsch auf d'r Sau naus, des sag' i d'r! Jedes Jåhr des gleiche Elend! Des glaub' i sofort, dass d'Hermine derwäga kotzt håd!«

Diesem reinrossigen Urteil des Jugendfreundes unserer tragischen Heldin ist nichts mehr hinzuzufügen – außer der entschiedenen Feststellung, dass Hermine definitiv nicht der Hafer gestochen hatte.

»Genau!«

Bildnachweise

Cover	vorne: Der Engelbergturm in Leonberg (Foto: Angela Gans)
Cover	hinten: Detail des großen Brunnens im Pomeranzengarten in Leonberg (Foto: Angela Gans)
S. 7	Waldwiese im Höfinger Wald (Foto: Angela Gans)
S. 10	Blick durch dichtes Laub auf die Felswand des Hauerlochs im Glemstal bei Höfingen (Foto: Angela Gans)
S. 13	Nagoldtal bei Hirsau (Quelle: www.fahrrad-tour.de)
S. 17	Alter Postkutschenweg im Höfinger Wald (Foto: Angela Gans)
S. 20	Behauene Sandsteine im Glemstal bei Höfingen (Foto: Angela Gans)
S. 27	Blick vom Pomeranzengarten auf das Leonberger Schloss – mit Brunnen im Vordergrund (Foto: Angela Gans)
S. 29	Brunnengrotte unterhalb des Pomeranzengartens in Leonberg (Foto: Angela Gans)
S. 31	Südportal der Weströhre des alten Engelbergtunnels mit Gedenktafel für die Leonberger KZ-Opfer (Foto: Angela Gans)
S. 33	Hinweistafel auf der ehemaligen Autobahntrasse südlich des Leonberger Engelbergtunnels (Foto: Angela Gans)
S. 48	Baugelände auf der Gemarkung des ehemaligen ›Neuen Lagers‹ in der Leonberger Seestraße (Foto: Angela Gans)
S. 50	Zeitnehmerturm an der Zielgeraden der Solituderennstrecke im Mahdental bei Leonberg (Foto: Angela Gans)
S. 54	Ehemalige Boxengasse der Solituderennstrecke (Foto: Angela Gans)
S. 57	Streckenverlauf der Solituderennstrecke im Mahdental (Foto: Angela Gans)
S. 66	Hotel Glemseck an der Solituderennstrecke – heute Bikertreffpunkt (Foto: Angela Gans)
S. 81	Im Pomeranzengarten Leonberg (Foto: Angela Gans)
S. 87	Treppe zwischen Bahnhofstraße und Törlensweg in Leonberg in der Nähe des Leonberger Schlosses (Foto: Angela Gans)
S. 93	Stühle im Pomeranzengarten in Leonberg (Foto: Angela Gans)
S. 96	Pomeranzengarten Leonberg (Foto: Angela Gans)
S. 99	Kompartimente im Pomeranzengarten Leonberg (Foto: Angela Gans)
S. 103	Der ›neue‹ Leonberger Engelbergturm – Wahrzeichen der Stadt (Foto: Angela Gans)
S. 105	Detail am Fuße des Engelbergturms in Leonberg (Foto: Angela Gans)
S. 107	Der Engelbergturm in Leonberg (Foto: Angela Gans)
S. 111	Belgische Pflastersteine auf dem Leonberger Marktplatz (Foto: Angela Gans)
S. 113	Einfahrt zum Parkhaus Markplatz – Zufahrt zur ›Parkkaverne‹ (Foto: Angela Gans)
S. 117	Die Sonnenkreuzung in Leonberg in Richtung Stuttgarter Straße (Foto: Angela Gans)
S. 122	Die sogenannte ›Sonnenkreuzung‹ in Leonberg mit dem Hotel/ Gasthaus ›Sonne‹ (Foto: Angela Gans)
S. 131	Die ›Siffer‹ spielen beim Warmbronner Open Air 2010 (Quelle: www.openairwarmbronn.de)

Zur Fotografin: **Angela Gans** * 1972 in Stockholm, Medizinstudium in Marburg und Tübingen, Fachärztin für Gynäkologie, fotografiert seit ihrem zehnten Lebensjahr.

Inhaltsverzeichnis

Die POP-Verlag-Lyrikreihe

Poesie / poésie, Zeitgenössische Dichtung aus Frankreich und Deutschland. ISBN: 3-937139-00-1
Rodica Draghincescu: *Morgen und Abend.* ISBN: 3-937139-01-X
Ioan Flora: *Die Donau leicht ansteigend.* ISBN: 3-937139-04-4
Nichita Stănescu: *Elf Elegien.* ISBN: 3-937139-06-0
eje winter: *hybride texte.* ISBN: 33-937139-07-9
PAPI: *Manchmal später.* ISBN: 3-937139-10-9
Mircea M. Pop: *Heiratsanzeige.* ISBN: 3-937139-15-X
Chantal Danjou: *Blaues Land.* ISBN: 978-3-937139-19-2
Armin Steigenberger: *gebrauchsanweisung für ein vaterland.* ISBN: 978-3-937139-21-4
Valerie Rouzeau: *Nicht wiedersehen.* ISBN: 978-3-937139-22-2
eje winter: *liebesland.* ISBN: 978-3-937139-23-0
Uli Rothfuss: *vom atmen der steine.* ISBN: 978-3-937139-27-3
Ines Hagemeyer: *Bewohnte Stille.* ISBN: 978-3-937139-31-3
Dieter Schlesak: *Namen Los, Liebes- und Todesgedichte.* ISBN: 978-3-937139-30-2
Hellmut Seiler: *An Verse geheftet,* ISBN: 978-3-937139-32-X
Rainer Wedler: *deichgraf meiner selbst.* ISBN: 978-3-937139-34-3
Dato Barbakadse: *Das Dreieck der Kraniche.* ISBN: 978-3-937139-38-8
Dante Marianacci: *Herren des Windes / Signori del vento.* ISBN: **978-3-937139-40-0**
Emilian Galaicu-Păun: *Yin Time.* ISBN: **978-3-937139-41-8**
Tomaso Kemeny: *Jenseits der Wälder.* ISBN: **978-3-937139-42-5**
Ioana Nicolaie: *Der Norden.* ISBN: **978-3-937139-43-2**
eje winter: *kunstwörter, 44 x lyrik.* ISBN: **978-3-937139-46-3**
Aura Christi: *Elegien aus der Kälte.* ISBN: **978-3-937139-47-0**
Jan Goczoł: *Die abgewandte Seite des Mondes.* ISBN: **978-3-937139-48-7**
Henning Schönenberger: *Sitte und Sittlichkeit im ausgegangenen Jahrhundert.* ISBN: 978-3-937139-49-4
Gëzim Hajdari: *Mondkrank.* ISBN: **978-3-937139-55-5**
Manfred Wolff: *Gespräche mit niemand.* ISBN: 978-3-937139-59-3
Dimiter Dublew: *Gedichte von der Grenze.* ISBN: 978-3-937139-63-0

Norbert Sternmut: *Fadenwürde.* ISBN: 978-3-937139-67-8

Robert Şerban: *Heimkino, bei mir*. ISBN: 978-3-937139-70-8

Dieter Schlesak: *Heimleuchten.* ISBN: 978-3-937139-75-3

Arzu Alir: *Wenn Satan sich zum Rosenzweig beugt.* ISBN: 978-3-937139-84-5

Urszula Usakowska-Wolff: *Perverse Verse.* Debütpreis 2009 (Prima Verba). ISBN: 978-3-937139-86-9

Norbert Sternmut: *Nachtlichter.* ISBN: 978-3-937139-87-6

Horst Saul: *Wurzelherz, du. Texte zu Liebe, Nähe und Abschied.* ISBN: 978-3-937139-89-0

Karl Wolff: *Alles Nebel oder was. Gedichte aus Absurdistan.* ISBN: 978-3-937139-90-6

Horst Samson: *Und wenn du willst, vergiss.* ISBN: 978-3-937139-92-0

Wjatscheslaw Kuprijanow: *Der Bär tanzt*. ISBN: 978-3-937139-96-8

Shahla Agapour: *Oliver Twist in Teheran,* Gedichte. ISBN: 978-3-937139-98-2

eje winter: *blattgold ein übern andern tag*. ISBN: 978-3-86356-000-3

Ines Hagemeyer: *Aus dem Gefährt, das dir Träume auflädt*. ISBN: 978-3-86356-003-4

Norbert Sternmut: *Spiegelschrift.* ISBN: 978-3-86356-007-2

Boško Tomašević: *Allerneueste Vergeblichkeit.* ISBN: 978-3-86356-009-6

Rainer Wedler: *Unter der Hitze des Ziegeldachs.* ISBN: 978-3-86356-010-2

Michael Zoch: *Kometen vom Fass.* ISBN: 978-3-86356-015-7

Die POP-Verlag-Fragmentariumreihe

Rodica Draghincescu: ***Schreibenleben.*** *Literaturkommentar in ungewöhnlicher Form: Interviews mit Kulturpersönlichkeiten (Michel Butor, Kurt Drawert, Jean Orizet, Zsuzsanna Gahse, Dieter Schlesak ...).* ISBN: 3-937139-03-6

Dorothea Fleiss: ***Regatta erträumend.*** *Zeichen & Zeichnungen.* ISBN: 978-3-937139-35-4

Zuhause nur im Wort. *Eine Anthologie der Schriftstellerinnen und Schriftsteller im Exil Deutschsprachiger Länder.* Mit einem Vorwort von Wolfgang Schlott. Herausgegeben vom Exil-P.E.N. ISBN: 978-3-937139-64-7

Karl Wolff: ***Von Tiflis nach Tibilisi. Reise zum Ursprung einer Sehn-Sucht.*** ISBN: 978-3-937139-66-1

Ingmar Brantsch: ***Ich war kein Dissident.*** ISBN: 978-3-937139-68-5 Vergriffen - wird vom POP-Verlag nicht mehr vertrieben.

Dieter Schlesak: ***DER TOD UND DER TEUFEL.*** *Materialien zu „VLAD, DER TODESFÜRST. Die Dracula-Korrektur“* ISBN: 978-3-937139-75-3

Charlotte Ueckert und Manfred Chobot (Hrsg.): ***Der Jaguar im Spiegel.*** Ein KOGGE Lesebuch.ISBN: 978-3-937139-93-7

Gudrun Wolff & Karl Wolff: ***Der Zeit voraus. Grenzgänge im Ural.*** ISBN: 978-3-86356-020-1

Die POP-Verlag-Universitasreihe

Edda Binder-Iijima, Romanița Constantinescu, Edgar Radtke, Olivia Spiridon (Hrsgg.): ***Gedächtnis der Literatur, Erinnerungskulturen in den südosteuropäischen Ländern nach 1989. Rumänien im Blickfeld.*** 536 S. ISBN: 978-3-86356-001-0

Uli Rothfuss: ***Bist du der Elch?. Auf der Spur des Glücks. Ty si ten los? Po stopách šťastia. Den Menschen und Erinnerungen, die bleiben. Venované ľuďom a spomienkam, ktoré ostanú navždy.*** (Deutsch / Slowakisch) ISBN: 978-3-86356-006-5

Dr. Gert Ressel (Hrsg).***Verlorener Alltag. Annäherungen an Gebrauchsgegenstände von gestern.*** ISBN: 978-3-86356-019-5

Die POP-Verlag-Epikreihe

eje winter: ***hybride texte.*** ISBN: 978-3-937139-07-9
Grigore Cugler: ***Apunake, eine andere Welt.***
ISBN: 978-3-937139-08-7
Ulrich Bergmann: ***Arthurgeschichten.*** ISBN: 978-3-937139-09-5
Francisca Ricinski: ***Auf silikonweichen Pfoten.***
ISBN: 978-3-937139-12-5
Anita Riede: ***Blühende Notizen. Liebe Luise, Briefe aus der Stadt. Pariaprojekt.*** ISBN: 978-3-937139-13-9
Rainer Wedler: ***Zwischenstation Algier.***
Roman. ISBN: 978-3-937139-11-7
Ulrich Bergmann: ***Kritische Körper.***
ISBN: 978-3-937139-25-7
Dieter Schlesak: ***Vlad. Die Dracula-Korrektur.***
Roman, ISBN: 978-3-937139-36-4
Markus Berger: ***Kopftornado.*** ISBN: 978-3-937139-51-7
Ioona Rauschan: ***Abhauen.***
Roman, ISBN: 978-3-937139-52-4
Thomas Brandsdörfer: ***Die schöne Insel.***
Roman. ISBN: 978-3-937139-53-1
Orhan Kemal: ***Die 72. Gefängniszelle.***
ISBN: 978-3-937139-54-8
Barbara-Marie Mundt: ***Raubkind.*** Roman, Debütpreis 2008 (Prima Verba). ISBN: 978-3-937139-58-6
Johann Lippet: ***Migrant auf Lebzeiten.*** Roman.
ISBN: 978-3-937139-56-7
Dieter Schlesak: ***VLAD, DER TODESFÜRST. Die Dracula-Korrektur.*** 2., neu bearbeitete und ergänzte Auflage, 2009. Roman. ISBN: 978-3-937139-57-9
Imre Török: ***AKAZIENSKIZZE. Neue und alte Geschichten. Phantasieflüge.*** ISBN: 978-3-937139-69-2
Elisabeth Rieping: ***Die Altgesellen.*** Prosa, Debütpreis 2009 (Prima Verba). ISBN: 978-3-937139-73-9

Romanița Constantinescu (Hrsg.), ***Im kalten Schatten der Erinnerung***. Eine Anthologie zeitgenössischer Prosa aus Rumänien. ISBN: 978-3-937139-76-0

Lucian Dan Teodorovici: *Dann ist mir die Hand ausgerutscht.* ISBN: 978-3-937139-80-7

Rainer Wedler: *Die Leihfrist.* Roman. ISBN: 978-3-937139-81-4

Carsten Piper: *Ab 18.* Roman. ISBN: 978-3-937139-88-3

Imre Török: *Insel der Elefanten.* Roman. ISBN: 978-3-937139-91-3

Ondine Dietz: *Meister Knastfelds Hybris. Liebeserklärung an das alte und junge Klein-Wien.* Prosa. Debütpreis 2010 (Prima Verba). ISBN: 978-3-937139-94-4

Albrecht Schau: *Von der belebenden Wirkung des Verbrechens. Urlaubsgrüße aus dem wahren Leben.* Roman. ISBN: 978-3-937139-95-1

Dante Marianacci: *Die Theißblüten.* Roman. ISBN: 978-3-937139-97-5

Johann Lippet: *Dorfchronik, ein Roman.* ISBN: 978-3-937139-99-9

Uli Rothfuss: *Tannenmörder*. ISBN: 978-3-86356-002-7

Jörg Kremers & Gerd Sonntag: *Also bin ich.* Roman. Debütpreis 2010 (Prima Verba). ISBN: 978-3-86356-004-7

Herwig Haupt: *Wieder Lust auf ein Bier. Kurzprosa für nachher.* ISBN: 978-3-86356-005-8

Wjatscheslaw Kuprijanow: *Ihre Tierische Majestät. Roman.* ISBN: 978-3-86356-008-9

Johann Lippet: *Der Altenpfleger. Zwei Erzählungen.* ISBN: 978-3-86356-012-6

Michael Gans: ***Wo der Hund begraben liegt.*** Leonberger Kurzkrimis. ISBN: 978-3-86356-013-3

Julia Schiff: *Reihertanz.* Roman. ISBN: 978-3-86356-014-0

Kurt Sigel: *Glückloses Glück.* Erotische Erzählungen und andere Prosa mit Liebesversen und Zeichnungen des Autors.ISBN: 978-3-86356-016-4

Jan Cornelius: *Über Google, Gott und die Welt. Satirische Streifzüge.* Mit Cartons von **Miroslav Barták**. ISBN: 978-3-86356-017-5

Ngo Nguyen Dung: *Die Insel der Feuerkrabben.* Erzählungen. ISBN: 978-3-86356-018-8

Gerti Michaelis Rahr: *Unverhofft.* ISBN: 978-3-86356-021-8